DU MÊME AUTEUR

Aux Éditions Gallimard

COURT SERPENT. Grand Prix du roman de l'Académie française 2004.

UN ROI, UNE PRINCESSE ET UNE PIEUVRE. *Illustrations de Nicole Claveloux.*

COUP-DE-FOUET

BERNARD DU BOUCHERON

COUP-DE-FOUET

roman

nrf

GALLIMARD

À tous ceux qui

FIÈREMENT, CHEVAL

Do bravely, horse, for wot'st thou whom thou mov'st ?

1

« Qu'est-ce qui t'arrive, Coup-de-Fouet ? »

Une profonde balafre, traversant la bouche, coupait d'une oreille à l'autre le visage de Jérôme Hardouin, dit Coup-de-Fouet, dit aussi Sosthène, sobriquet qu'il n'aimait pas.

« J'ai pris une branche dans la figure. Ma jument est un peu chaude.

— Ça t'apprendra à faire le bois* à cheval, feignant. Te voilà bien arrangé. On dirait que tu ris.

— Mais je ne ris pas, dit Coup-de-Fouet.

— Tu as de la lecture, Coup-de-Fouet.

— L'instituteur, Monsieur le Comte. Il nous faisait lire qui vous savez.

— Ton rapport, piqueux.

— Monsieur, j'ai fait le bois à cheval malgré vos ordres. Je vois par corps un grand cerf à tête royale au Chêne des Princes. Il ne m'aperçoit pas. Il reste dans son enceinte. Je vous garantis une belle attaque.

— Volcelest ?

*Voir p. 189, le glossaire de vénerie.

— Monsieur, je fais ma quête avec Rigel aux bordures du champ Graton, sur un renseignement de M. Grandier qui a vu hier soir un beau daguet au gagnage. Rigel le détourne dans le bois des Caumes.

— Je ne chasse pas le daguet en début de saison. Et toi, Damien ?

— Monsieur, je fais le bois comme il faut, à trait de limier, étant moins feignant que Coup-de-Fouet. »

Murmures et rires dans l'assemblée.

« Remiremont me donne une forte troisième tête, à en juger par le revoir dans la parcelle de la Galerie, à gauche de la route forestière des Foudres. J'entoure soigneusement, ça ne sort pas, c'est rembuché.

— Parfait, dit le comte. Pour dissuader Coup-de-Fouet de faire le bois sur sa jument trop chaude, au risque d'être défiguré par une branche, nous irons à la brisée de Damien. »

Mais Coup-de-Fouet n'avait pas dit la vérité.

2

Diamant Noir : la robe mérite le nom, à la fois étincelante et sombre, avec des éclats de charbon ; elle sied au caractère ombrageux. Cheval petit ; un mètre soixante-trois. Membres nerveux, fins, osseux, hanche un peu pointue ; croupe « en tente de bédouin », sans gras ni rondeurs ; ventre un peu levretté, pas de boudin dans la tripe ; tête fine, étroite, longue, frappée au front d'une étoile blanche, naseaux larges respirant à fond, blanc de l'œil très apparent, mauvais : Diamant Noir n'aime pas qu'on le regarde dans les yeux, n'aime pas l'homme, et s'accule au regard. Trois balzanes d'un blanc violent, « cheval de roi », dit la légende, qui ment comme un maquignon. Tel quel, drapé dans la cape noire du vampire, chacun l'aime et le craint ; il le sent, et en abuse.

Lieutenant Hugo de Waligny, 3e hussards : ses ennemis lui trouvent de l'esprit. Personne ne lui trouve de cœur. Il vit sur sa réputation de folle témérité à cheval, et se tuerait pour la soutenir. Devise, appréciée de ses supérieurs, jugée scandaleuse dans le monde : *Ad patriae feminarumque jubar* — À la gloire de la patrie et des femmes — dont il n'a jusqu'ici eu l'occasion de mettre en pratique que le second terme. Nous sommes en 1911 : il règne depuis quarante ans l'interminable paix dont les officiers se lamentent à l'heure de l'absinthe. Les jeux dangereux remplacent la guerre.

Depuis le dernier accident, personne ne monte plus Diamant Noir, hormis Waligny et son ordonnance, paisible brute que rien n'ébranle. L'éducation à l'obstacle a été laborieuse, du simple croisillon, dénigré comme trop « sautant » par les anciens qui ne montent plus à cheval que dans les revues, jusqu'au terrible « droit » d'un mètre cinquante dont le rectangle vide engouffre les plus fortes résolutions. Cette progression n'a pas été sans de nombreuses haltes à l'infirmerie du quartier, et quelques séjours à l'hôpital, où Waligny, dûment emmailloté, recevait comme un roi les compliments de vieux sous-officiers tout cassés de contusions et de fractures.

Diamant Noir, ainsi chapitré au manège, n'en reste pas moins intenable en grand pays. Il n'accepte que la manœuvre de peloton, où l'exemple du vieux cheval du maréchal des logis Cornice le rassure et le contient. Il ne connaît ni Dieu ni maître, et terrorise jusqu'aux hommes qui le nourrissent, mais file doux auprès de White Surrey, auquel il paraît vouer un respect sans limites et qu'il imite en tout. Rien ne vient alors perturber son humeur ni son allure. Il accueille sans émotion l'éclat des trompettes, le cliquetis des bancals et le tir des carabines, le tonnerre d'un peloton qui passe au grand galop ; le canon même le laisse de bronze pour autant qu'il sente que White Surrey, à son côté, ne bronche pas. À la halte, au bivouac, lors des changements de route ou de train, Diamant Noir suit White Surrey du regard, et modèle sur lui son action. Il s'ensuit des situations cocasses à l'exercice, où, suivant le rang, on ricane ou on punit, mais qui eussent été mortelles à la guerre, où l'erreur tue. On ne peut en rester là.

Waligny a enrôlé trois hommes pour disposer sur le sol, le long des murs du manège, une cinquantaine de barres parallèles entre elles séparées par des intervalles d'un pas. On s'étonne, on cancane. Mais on s'est habitué aux lubies de Waligny et on ne pose pas de questions : on sait qu'il est un questionneur qui ne répond pas. Les sous-officiers regardent Diamant Noir marcher au pas entre ces traverses : tout va bien. Ça se gâte au trot : Diamant Noir saute mais n'enjambe pas. Il essaye de passer d'un saut plusieurs barres à la fois, mais pose en se recevant un antérieur sur l'une d'elles, et s'écroule avec son cavalier. Waligny est homme de répétition. Il répète sa demande : enjambement avec poser d'un pied dans chacun des intervalles entre les barres. Pour le moment, peu importent le pied et l'ordre des posers : on verra après. Il démonte, laisse le cheval en liberté et se munit d'une chambrière. Après l'échec, Waligny flatte l'encolure avec une sorte de tendresse. Surprise : Diamant Noir, la bave aux lèvres, tend la tête et rend la caresse. Waligny préfère cet échec aux succès qui semblaient laisser Diamant Noir indifférent comme une diva trop sûre d'elle. Il espère avoir trouvé la ligne de faiblesse. Il devra déchanter.

À quelque distance du quartier, la ligne de chemin de fer perce une colline par un tunnel de mille mètres. L'endroit est boisé, silencieux, désert, seulement troublé par le halètement et le sifflet des trains qui abordent le tunnel à vitesse réduite et s'y engouffrent vers la petite gare du bourg voisin. Waligny aime s'y promener à pied. Des chevreuils bondissent, leurs petits culs blancs moutonnant dans les ronces. Une grande laie, suitée de ses marcassins, s'arrête et le regarde un instant, sans crainte, avant de traverser le sentier d'un petit trot paisible. Il voit souvent sur la voie les restes de sangliers déchiquetés par les trains. Il se demande si les chauffeurs les ont remarqués, et ont essayé de ralentir, pour leur donner une chance, ou par simple réflexe d'hommes à qui leur métier fait redouter les chocs. Un jour, cette méditation a donné à Waligny une idée.

Quand il a obtenu de Diamant Noir le passage, au trot puis au galop, d'un lit régulier de barres posées au sol, Waligny va faire tâter à son cheval la voie de chemin de fer. Celle-ci est longée d'une allée sablonneuse qui sinue par endroits entre taillis et buissons. Diamant Noir comprend, et, dès que Waligny ajuste les rênes, s'envole au souffle de la botte, en accompagnant agilement les tournants et les courbes. Pour le modérer sans tirer sur la bouche, Waligny, un peu penché vers l'avant, flatte l'encolure en parlant à mi-voix. Le succès de cette communication chuchotée a fait taire ceux qui avaient proposé les services d'un « charmeur » pour venir à bout du caractère de Diamant Noir. Le charmeur était venu, allure à la fois goguenarde et vaguement mystique, barbe à abriter des nids d'oiseaux-mouches, comme si la crasse et le manque de tenue eussent été nécessaires à la complicité avec un pareil animal. Waligny avait congédié l'homme après une démonstration de son propre talent de charmeur.

Pour l'heure, il ne s'agit pas de charmer, mais de cadencer un galop furieux. Après les secousses, la rébellion, les violences, la nuque s'organise, la bouche décrit avec le mors un cercle de plus en plus petit qui accompagne les foulées et qui finit par n'être plus que la modulation d'une pression contenue.

Puis, dès la quatrième sortie, on apprend la locomotive. Waligny, à l'aide de l'indicateur, calcule l'heure du passage des trains montants et descendants. Quel est le sens le plus propice à l'apprentissage : croisement ou dépassement ? En faveur du croisement : on voit venir la source du coup de sifflet ; en faveur du dépassement : on évite l'aspect du monstre noir qui s'avance et, peut-être, va dévorer. Waligny choisit de ne pas choisir et renonce par défi à faire d'abord rencontrer le monstre et le cheval tenu en main. Il fait décider par le pile ou face d'un louis tiré de sa poche si ce sera un train dépassant ou un train croisant. Train dépassant. Aussitôt décidé, aussitôt fait. Waligny calcule l'heure et marche au pas vers le rendez-vous fatal sur l'allée qui longe la voie. Il entend le train haleter à la montée vers le plateau. En sentant le convoi approcher dans son dos, Waligny se contraint à une impassibilité absolue : tout geste de nervosité, tout signe d'attente seront interprétés par le cheval comme annonciateurs d'un danger. Caresse à l'encolure, quelques mots chuchotés. Le tonnerre tombe sur l'homme et le cheval, accompagné d'un puissant sifflet. Diamant Noir se lève, bondit sur la voie et se précipite dans le tunnel, le souffle de la locomotive sur les boulets. Il se souvient du lit de barres sur lequel on l'a fait passer : les traverses de la voie lui rappellent ces barres, il les juge dans la pénombre du tunnel, exécute entre elles des posers d'une exactitude parfaite, et fuse au grand galop entre les mains et les jambes de Waligny vers la tache de lumière blafarde qu'ils aperçoivent au bout du tunnel. Waligny a accompli plus tôt qu'il ne l'espérait l'exploit fou dont il avait fait le projet.

3

C'était le haut du jour. L'automne flamboyait ; il faisait encore chaud. Les papillons volaient en nuages jaunes devant les chevaux. Waligny « mettait Diamant Noir à la chasse », au péril de sa vie, pour le petit pincement de la gloire.

Les affaires commencèrent dès l'attaque. Déjà, allant à la brisée, Diamant Noir trottinait en mangeant son mors, le port de tête en col de cygne, la bave aux lèvres, blanc d'écume, se traversant et s'acculant sans cesse au milieu des autres chevaux qui marchaient paisiblement au pas et que son agitation finit par gagner. Waligny resta discrètement en arrière : ce fut pire. Diamant Noir se levait pour échapper à la main et rejoindre ses compagnons.

Malgré les vociférations des valets de chiens — « Tout cois ! Tout cois ! » —, la meute hurlait tandis qu'on l'attachait aux arbres, près de la brisée. Diamant Noir n'aimait pas ce tumulte et le faisait savoir. Waligny, à l'écart, flattait l'encolure de son cheval et essayait de le charmer : son charme n'opérait pas. Plus que de son équilibre en selle, il se souciait du jugement des mondains qui l'observaient.

« Le joli lieutenant, là-bas, a bien du mal.

— Mon cher, il ennuie.

— On ne vient pas chasser avec un cheval qui n'est pas mis.

— Bah ! ça ne durera pas autant que les Trois Ans. Il finira à l'hôpital avant l'hallali.

— C'est lui qui sera hallali. À qui fera-t-on les honneurs de son pied ?

— Est-ce qu'on laissera la botte dessus ?

— La botte brille plus que le cavalier.

— Ce n'est pas avec ce genre de monture qu'on mettra en fuite les uhlans de Guillaume. »

Mais, plus que le jugement des mondains, lui importait celui d'une cavalière dont il avait cru accrocher le regard. Amazone en tenue d'une élégance fatale, petit haut-de-forme, résille, casaquin très ajusté, gants de velours à poignets boutonnés loin sur la manche, bottes étincelantes : tout était noir, sauf les cheveux, une coulée d'or emprisonnée dans la résille, et les yeux de porcelaine. Celle-là jugeait, c'était visible. Il en voulut à Diamant Noir et se promit de s'en venger.

Le piqueux qui rapprochait avec trois vieux chiens bien sages sonna le lancer et la tête : dix-cors royal. On le vit revenir de son attaque au grand galop, penché comme un rameur sur son banc, sonnant à perdre haleine et ne s'interrompant que pour hurler : « Découplez, à moi ! » Sur quoi, les chiens, libérés de leurs chaînes et de leurs colliers, s'élancèrent derrière lui en donnant de la gorge, puis empaumèrent la voie de l'animal dans une clameur d'enfer.

Waligny, loin en tête, seul au cul des chiens, voyait arriver les branches et les troncs de la futaie à la vitesse du galop de charge qu'il n'essayait pas de contrôler. On ne se battait pas avec Diamant Noir. Il avait, au contraire, résolu de le pousser à la limite de son effort. Ce serait sa vengeance. Il ne s'agissait que de tenir jusque-là. Le cheval serpentait entre les arbres, frôlant les troncs à ras de genou, passait en descendant la tête sous des branches basses qui obligeaient Waligny à s'écraser sur l'encolure, le nez dans le poil écumant, les yeux brûlés par la mousse blanche, les coudes baissés de chaque côté de l'encolure, la trompe résonnant dans les chocs avec un fracas de chaudronnerie.

L'animal de chasse, depuis longtemps perdu de vue, fonçait loin devant les chiens qui le poursuivaient avec une espèce de rage. Ils arrivèrent au ravin qui bordait la forêt, et au fond duquel roulait un torrent tonitruant.

D'un coup d'éperons, Waligny y précipita Diamant Noir qui avait marqué un moment d'hésitation. Le cheval perdit pied et s'affola. Waligny, dans l'eau jusqu'à mi-cuisse, rassembla sa force pour arracher Diamant Noir au piège mortel et le forcer à descendre le courant au lieu de s'épuiser à gagner la rive opposée. Diamant Noir se noyait et était sur le point de couler. Waligny n'avait d'autre choix que de démonter. Il se mit à nager au côté du cheval, que sa terreur empêchait d'en faire autant et qui s'enfonçait en crachant l'air comme un vaisseau touché dans ses œuvres vives. Waligny sentit la roche sous sa botte. Il prit pied ;

Diamant Noir manqua le sol ferme et commença à s'enliser. Waligny l'exhorta de la voix et du fouet, sans lâcher les rênes, mais sans tirer dessus pour ne pas charger la tête. Il crut voir dans le regard du cheval l'éclat blanc du désespoir, et eut le temps de se le reprocher : les chevaux n'ont pas de sentiment. Waligny sentit soudain que Diamant Noir avait trouvé l'appui. Pris entre la terreur et l'épuisement, il n'était pas tiré d'affaire pour autant. C'est alors que le charme joua. Waligny parla à Diamant Noir de cette voix basse qui avait tant étonné le murmureur professionnel. « Bonhomme, bonhomme », dit-il en fléchissant le ton jusqu'au chuchotement. La voix était en pente, et cette pente, douce et rassurante, cette caresse orale qui s'atténuait avec le danger faisait comprendre au cheval que le danger s'atténuait. Là, bonhomme, on a pied sur le sol ferme. On va sortir de là. Tout va s'arranger. Et soudain « Hop ! Hop ! » Cavalier et cheval prirent pied sur la rive. C'était fini.

« J'ai perdu la chasse, dit la Reine des Amazones, apparue au petit trot entre les gaulis qui bordaient le torrent.

— La chasse m'a perdu, dit Waligny. Les chiens ont passé l'eau, mon cheval s'est sabordé. »

Diamant Noir tremblait. C'était la première fois que Waligny le voyait rester tranquille sans qu'il fût tenu en main. « Comment êtes-vous arrivée ici ?

— Il y a un pont à une demi-lieue. » Elle descendit de cheval et tendit les rênes à Waligny. « Il s'en ira si je le laisse libre. Voulez-vous bien ? J'ai chaud et soif. »

Elle trouva une fourche dans les souches du gaulis et s'en servit comme d'un tire-bottes. Le soleil jouait avec les papillons jaunes.

Elle commença à se déshabiller. « Voulez-vous bien ne pas regarder ? »

Waligny tourna le dos au torrent. « Un chien regarde bien un évêque, dit-il.

— Vous n'êtes qu'un insolent. On vous pardonnera peut-être parce que vous chassez bien et que vous savez monter à cheval. »

Elle s'approcha du torrent. « Maintenant, mignon, vous pouvez vous retourner, si cela vous intéresse. »

Elle tâta l'eau du pied. Ses vêtements étaient en tas près du bord, les deux bottes debout, le chapeau campé dessus. Le torrent grondait.

« N'y allez pas, dit Waligny. C'est dangereux.

— Fripon, dit-elle. Vous tenez déjà à moi ? Si vite ? Qui vous a donné la permission ?

— Je me charge de me permettre à moi-même ce qu'on veut me défendre.

— Qui vous a dit qu'on le défendait ?

— Assez discuté, dit Waligny. Allez-y, noyez-vous.

— Je vous devine maintenant, dit-elle. C'est pour vous donner l'occasion de voir le côté face. Tant pis pour vous. »

Sur ces mots énigmatiques, elle entra dans l'eau, qui l'assaillit. Elle trouva un rocher où s'asseoir et se baigna avec des cris de plaisir et de froid. Waligny regardait sans mot dire.

« Fripon mignon, le dos au torrent à présent. »

Waligny se tourna de nouveau. « Voyez comme je

suis docile. On dit bien que la discipline fait la force des aimées.

— Déjà ! Comme vous y allez, Monsieur le lieutenant fripon !

— Troisième hussards, frappe comme un dard. C'est la devise de mon régiment.

— Vous êtes insupportable, Monsieur le lieutenant insolent.

— Eh bien ! Ne me supportez pas. Qui vous oblige ?

— Vous voyez le mal partout. Vous entendez des sous-entendus à tout propos. Je vous préférerais aveugle et sourd ; vous auriez moins de sottes pensées.

— Madame, dit Waligny tandis qu'elle se rhabillait, je n'ai pas recherché votre compagnie, ayant assez de celle des chiens, et je ne mérite pas vos reproches.

— Pourquoi ferait-on des reproches aux personnes qui les méritent ? dit-elle. Elles se savent coupables. D'ailleurs, je vous ai sauvé la vie.

— Comment ! Vous êtes arrivée après.

— À votre cheval, alors. »

Diamant Noir ne tremblait plus.

« Madame !

— Lieutenant, cessez d'ergoter, prenez-moi dans vos bras et mettez-moi à cheval. »

Quand elle fut en selle, il plongea son visage dans le ventre de la déesse, entre les jambes écartées par la position de l'amazone, à travers les étoffes qui sentaient le musc et la serre chaude.

Calcul ou caprice, elle lui frappa la joue d'un coup qui s'acheva en ébauche de caresse.

« Monsieur le lieutenant impertinent, je ne serai jamais à vous. » Elle tourna bride et disparut dans le hallier.

4

C'était un dix-cors de brame, vindicatif et puissant. La légende voulait que les exploits amoureux du brame fatiguent les cerfs au point de les rendre faciles. Celui-là montra qu'il n'en était rien. Bien rembuché, détourné seul dans une petite enceinte, il avait été attaqué de meute à mort avec un immense récri. Waligny n'avait eu que le temps de saluer la Reine des Amazones, sans être payé de retour, avant de se laisser emporter par Diamant Noir derrière un furieux bien-aller. Une haute levée de terre entre deux drains profonds lui donna l'occasion, aussitôt saisie, de distancer les autres cavaliers. Diamant Noir, rompu à l'équilibre par l'apprentissage qui avait précédé l'épisode du tunnel, s'élança au galop sur l'étroit chemin qui formait le sommet de cette levée — à peine le passage d'un cheval, et des troncs partout — en épousant les sinuosités du passage dans l'allure coulée qu'il alliait si bien avec la vitesse, comme si sa vie en dépendait, et comme s'il avait compris que la vie de Waligny dépendait de son agilité. Le péril était aggravé par les saignées qui, d'endroit en endroit, coupaient cette levée, et demandaient des sauts d'un mètre de large au-dessus d'une profondeur de deux mètres, en frôlant les troncs à la réception.

Le cerf déploya les ruses de son espèce. Il se forlongea dans une brande sèche où son odeur ne trouvait pas à s'attarder, et mit ainsi les chiens en défaut. Waligny, toujours seul, fouilla la brande avec eux en les encourageant de la voix. « Ça sent bon ! P'tits valets ! ça sent bon ! » C'était, il le savait, une infraction à l'étiquette que d'intervenir ainsi dans une chasse où il n'était qu'invité mais, en l'absence du maître d'équipage et du piqueux, il se savait seul en mesure de sauver la partie. Le cerf mussé dans un roncier jaillit devant le poitrail de Diamant Noir, qui se cabra, et la poursuite recommença, saluée par une fanfare que Waligny sonna à perdre souffle. L'animal chercha le change dans un boqueteau de sapins, dont il fit sortir à coups d'andouillers une harde de biches qui se précipita au milieu des chiens, y semant la confusion. Waligny, qui connaissait les chiens, qu'il allait souvent visiter au chenil, avait remarqué la présence d'une lice que les hommes de la forêt surnommaient affectueusement « la princesse du change » pour son talent à s'y reconnaître.

« Révolte ! Au droit, ma Révolte, au droit ! »

Révolte hésita sur la voie des biches, fit quelques foulées en la suivant, sauta de part et d'autre, hésita un instant puis s'enfourna dans le boqueteau de sapins avec de petits cris aigus que les autres chiens reconnurent et finalement rallièrent. La chasse reprit. Diamant Noir, infatigable, semblait y prendre goût, galopant dans les labours, négociant son pas dans les bruyères et dans les mouilles avec la légèreté d'une ballerine, sautant comme au manège de l'École, tandis que Waligny sentait entre ses doigts la nuque s'alléger, puis céder, à mesure que le cheval crachait son feu. Les fins étaient proches ; le cerf rusa dans un ruisseau ; il essaya en vain de brouiller ses voies sur les rives ; mais les chiens avaient dans le nez l'odeur du poil fumant et de l'haleine forcée. Cette odeur était maintenant si forte qu'on n'aurait pu parler de sentiment, mais plutôt d'une puanteur de sauvagine échauffée que Waligny respira avec ivresse : l'odeur du brame mêlée à celle de la mort.

Le ruisseau débouchait dans un étang entouré d'une vaste roselière. L'animal alla y chercher la fraîcheur de l'eau alors que tonnaient les abois, progressivement grossis par les traînards, les paresseux et les égarés comme un fleuve alimenté par ses affluents. Mais le cerf n'en avait pas fini avec les chiens. Il sortit de l'eau et réussit à en découdre trois, dont Révolte qui essaya de rester à l'attaque en traînant un chapelet d'intestins.

« Monsieur, dit la Reine des Amazones au maître d'équipage, vous connaissez M. de Waligny ?

— Le lieutenant s'est présenté. Il a une invitation permanente, comme tous les officiers de cavalerie de la garnison.

— Monsieur, dit la Reine, lui permettez-vous de *servir* ? Le cerf lui doit bien ça.

— Monsieur », dit Coup-de-Fouet, le piqueux, qui venait de rejoindre, mécontent de s'être laissé distancer, « l'animal est dangereux ; laissez-moi faire. »

Comme pour lui donner raison, le cerf chargea Diamant Noir, qui esquiva en se jetant dans l'eau.

« Après cela, dit Waligny, vous ne pouvez me refuser cet honneur. »

Le maître d'équipage sonnait la fanfare de l'hallali pour se donner le temps de la réflexion.

« M. le lieutenant n'a pas de dague, dit Coup-de-Fouet.

— M. le Comte lui prêtera la sienne. N'est-ce pas, Monsieur ? » dit la Reine des Amazones.

Les chevaux étaient calmés par la fatigue, sauf Diamant Noir.

« Je suis sûre que M. de Waligny nous réserve un ballet nautique à sa façon, dit la Reine des Amazones. M. de Waligny aime faire joujou dans l'eau.

— Soit, dit le comte. Voici mon couteau. C'est un héritage familial. Vous saurez l'honorer comme il honorera le cerf. » Et il reprit la fanfare de l'hallali. L'animal se défendait toujours ; cinq chiens massacrés gisaient dans la boue du rivage. « Je compte sur vous pour arrêter ce carnage », dit le comte.

Waligny saisit son fouet et, de la berge, fouailla pour mettre le cerf à l'eau. Le cerf s'y jeta et se mit à nager, suivi par Waligny sur Diamant Noir. L'animal de chasse et le cheval se débattirent dans une succession de hauts-fonds où ils s'enlisaient et de trous où le pied leur manquait. Waligny vit venir le moment où il allait perdre à la fois sa proie, son cheval, son honneur et l'attention de l'Amazone. Il éperonna Diamant Noir, le forçant à donner tout ce qu'il avait, parvint épaule contre épaule à côté du cerf, lui sauta sur le dos, empoigna d'une main la ramure, secouée de violents mouvements, et de l'autre le poignarda. Le cerf coula, Waligny avec lui, tandis que Diamant Noir rejoignait la rive dans une gerbe d'eau. Waligny était sur le point de se noyer quand la barque le repêcha.

Il remonta au bois sous les applaudissements et les fanfares, et rendit au Comte la dague encore tachée de sang en la lui présentant sur son plat.

« Où est la dame, Coup-de-Fouet ? L'Amazone ?

— Elle est partie quand vous entriez dans l'eau. Elle a dit qu'elle vous avait assez vu en baigneur. »

« J'ai parlé de vous à Madame Mère. Vous l'intéressez. Voulez-vous bien venir prendre le thé demain ? Si votre service le permet ?

— Mon service me permettra toujours d'être au vôtre, dit Waligny. La patrie attendra. »

Madame Mère avait légué à sa fille le regard de banquise bleue. Elle tendit sa main à baiser avec une ondulation qu'elle ne pouvait avoir apprise au catéchisme.

« Aella m'a dit que vous saviez monter à cheval, ce qui, pour elle, est le comble de la louange.

— J'ai bien de la chance, dit Waligny. Mademoiselle votre fille n'est pas maladroite non plus.

— Ne vous réjouissez pas trop vite, dit Madame Mère. Elle ne vous a pas trouvé que des qualités. En vous voyant, je la trouve sévère.

— J'apprécie autant ses critiques que je redoute vos compliments, dit Waligny.

— Parlez-moi du 3e hussards, Lieutenant.

— On y monte à cheval. On s'y prépare gaiement à transpercer le Prussien.

— Nous comptons sur vous. On le dit coriace.

— Le colonel de Maud'huy, qui nous commande, est partisan de la préparation par le sport. Il a écrit à ce sujet un petit ouvrage, qui est notre bible, et où il nous recommande de nous rompre la tête. Les survivants, dit-il, seront les meilleurs contre les uhlans.

— Puis-je vous demander, Monsieur, pourquoi vous êtes encore en un seul morceau ? M. de Maud'huy aurait dû vous mettre aux arrêts.

— Madame, il n'y manque pas, et j'en sors.

— Oui, dit l'Amazone. M. de Waligny fait la course avec des locomotives.

— Il gagne ?

— Il ne peut manquer de gagner. Il se met devant dans les tunnels. Si le cheval est trop lent, le machiniste doit ralentir.

— C'est à peine loyal, dit Madame Mère.

— Madame, mon cheval est toujours le plus rapide. Il gagne comme au champ de courses.

— Parlez-moi de vos camarades.

— Le sous-lieutenant Guézard saute des murs d'un mètre quatre-vingts choisis parce qu'il ne sait pas ce qu'ils cachent de l'autre côté. L'aspirant de Milmort mérite son nom. Il s'est fait une spécialité de descendre au grand galop dans des trous de mine laissés par les charbonniers. Le lieutenant d'Haucquemont va sans permission à Sissonne, la nuit, sauter les rangs de barbelés installés le long des tranchées d'entraînement des fantassins.

— Vos passe-temps ferroviaires sont bien paisibles en comparaison.

— Je fais de mon mieux, dit Waligny.

— Vous devez casser souvent les chevaux de la République.

— Madame, qui aurait scrupule à ruiner cette pauvre fille, s'il ne s'agissait de faire la guerre pour la France ? Mais mes amis et moi avons nos propres chevaux. Quant au mien, il est absolument incassable. Il me cassera avant que je ne le casse.

— Aella, dit Madame Mère, cette conversation commence à ennuyer M. de Waligny.

— Madame !

— Montrez-lui le jardin. L'arrière-saison a été exquise. La roseraie est encore très fleurie. »

« Vous avez plu, dit l'Amazone. Elle aime les messieurs fripons et vantards. Je lui fais peur ; elle veut me caser. Vous vous êtes placé d'emblée dans le lot des possibles.

— Aella !

— Qui vous a permis de m'appeler par mon prénom ? dit l'Amazone. D'ailleurs, j'ai dit possible, je n'ai pas dit souhaitable. » Elle cassa avec circonspection une tige de rosier, et le frappa au visage. La fleur lui explosa sur le nez ; les épines le griffèrent. « Votre première blessure de guerre, dit-elle. Peu glorieuse.

— Comment réussissez-vous à intimider une mère pareille ?

— Est-ce que je ne vous intimide pas un peu, Monsieur le lieutenant bavard ? Elle est à peine pire que vous. »

Ils marchèrent en faisant machinalement tomber les roses fanées.

« Vos roses poussent en dedans, dit Waligny.

— Ne me flattez pas, dit l'Amazone. Vous me voulez, ma mère me craint, c'est ma valeur. »

Un silence. Puis : « Êtes-vous bien riche, Monsieur le lieutenant coquin ? — Pour m'avoir, il faut l'être. Plus j'aimerai, plus je coûterai ; et plus je coûterai, moins j'aimerai. »

Rentrée au château : « Mère.

— Mon enfant ?

— Il est pire que pauvre : il n'est pas riche. »

5

La lice Rafale est une autre diva, différente de feu Révolte, qu'elle remplacera peut-être un jour. C'est une chaude, une perçante, un peu voyoute par manque d'expérience, avec la promesse du talent, sachant déjà démêler des situations compromises. Les hardes sont liées à trois baliveaux de chêne. Rafale est couplée avec Rostrenen, don d'un M. de Kermoal qui chasse entre Morlaix et Saint-Brieuc. Venu de la lande bretonne, on compte un peu sur Rafale pour l'acclimater à la grande forêt picarde.

Au découpler, le valet de chiens a manqué son affaire ; Rafale est restée attachée à son pupille. Ils sont d'abord emportés dans le torrent de la meute, se gênant mutuellement ; Rostrenen a passé une jambe par-dessus l'étrier de fer qui joint les deux chiens, et trotte sur trois pattes. Les deux chiens se trouvent bientôt isolés, puis distancés. Rostrenen pleure ; Rafale le corrige d'un coup de dents. Elle se met à chasser en l'entraînant sur la voie dispersée par le passage de la meute, dont la clameur s'éloigne. Son nez accroche la vapeur ténue de la voie, un lambeau de gaz retenu par les feuilles mortes, les ronces et les branches basses. La meute a fait change d'un bloc, comme il arrive en début de chasse, par temps trop chaud, dans les forêts vives en animaux ; Révolte n'est plus là pour la remettre sur la bonne voie. C'est maintenant Rafale qui tient la chasse. Seule. Elle se débat contre son compagnon, et va lui faire un mauvais parti, lorsque le collier de cuir, usé à la boucle, casse sous son effort. Elle retrousse ses babines et découvre ses crocs en grondant. L'autre s'éloigne, la queue entre les jambes, pleurniche et disparaît dans les branchis.

Rafale chasse. Elle suit d'abord un fil à peine perceptible, un frisson d'appétit perdu dans la nuit de l'instinct ; elle est tirée par quelque chose qu'elle ne comprend pas et qui ne lui parle pas. Elle court d'un petit trot entrecoupé de quelques foulées de galop, sans muser, sans crier, le nez à terre, sauf lorsque la voie, par endroits, devient haute. Alors elle cherche, la truffe en l'air, avec de petits mouvements convulsifs qui accompagnent sa respiration. La voie s'affirme et le train s'accélère. Rafale commence à crier, froidement, comme pour s'économiser et comme si elle comprenait que dès lors tout se joue sur la vitesse.

Ni la solitude, ni la chaleur, ni la soif ne la distraient de la proie dont elle s'approche. Elle passe sans boire près des mares dans lesquelles son galop fait sauter des grenouilles. Les fourrés, les ronciers, les épines des mûriers sauvages et des ajoncs la ralentissent sans la décourager. Elle gagne les bordures et se trouve en grand pays sous le soleil de la plaine. La chaleur, qui fait monter l'air, est l'ennemie de la voie. Les labours d'automne ne retiennent pas le sentiment que trouble la puanteur du fumier épandu. Rafale essaye de relever son défaut, s'arrête, trottine en cercle autour de l'endroit où il a eu lieu, élargit le cercle en retournant aux bordures, se place sous le vent de la refuite de l'animal, hésite, et s'arrête. Le souffle d'une brise infime lui apporte soudain une odeur. Avec un récri qui n'est presque qu'un glapissement, Rafale reprend sa chasse sous le soleil tombant. Elle peine à démêler la voie dans les effluves de la plaine surchauffée et du fumier. L'odeur la reconduit au bois ; une sorte de malaise se glisse dans son ardeur retrouvée grâce à la fraîcheur. Le plaisir de chasser est corrompu par le doute. Mais l'odeur devient irrésistible, et Rafale va de l'avant, vite et droit, d'autant mieux que le défaut qu'elle a subi lui a permis de se reposer. La nuit est tombée. Rafale sait qu'à l'odeur de son cerf se mêle maintenant celle d'une autre bête, tout ensemble fauve et légère, aigre et appétissante, puissante et volage. L'attrait est si fort que Rafale chasse à en oublier son cerf. Les odeurs mêlées la font bientôt ressortir du bois. La lune souligne d'un liseré d'ombre les bordures, les haies et les buissons. Saluée par les aboiements des chiens de ferme, Rafale traverse une cour où elle rencontre, sans s'y attarder autrement que pour une brève reniflée, les restes d'un poulailler massacré. Son cri de vénerie, différent de l'aboiement des chiens de ferme, réveille quelqu'un dans la maisonnée endormie. Une lampe s'allume derrière une fenêtre, mais Rafale a déjà disparu dans le couvert, et y reprend sa traque. Un carnage l'attend au débucher suivant. Les cadavres de trois moutons gisent sous la lune qui illumine la prairie. L'odeur du sang masque la voie de chasse, trouble Rafale qui s'arrête un instant pour en prendre une lampée en y plongeant la gueule, et repart au bois avec un petit cri.

Le cerf a rusé dans le ruisseau dont il a descendu le courant avant de remonter sur la rive, puis de retourner à l'eau après une grande boucle vers l'amont. La fraîcheur de l'eau, qu'un instinct trompeur lui a fait rechercher, ne lui apporte qu'un soulagement fugace. À court d'air, envahi d'une raideur mortelle, la poitrine foudroyée par l'éclatement des artères du cœur, il s'arrête et s'affaisse dans l'eau noire au moment où Rafale atteint le but de sa longue chasse, tandis que se dresse dans l'ombre, contre la nuit du hallier, une silhouette formidable dont un rayon de lune fait briller les yeux fauves.

6

« Monsieur, la lice Rafale, que je crois d'avenir, s'est égarée au cours d'une chasse manquée, voici tantôt une semaine. Je gardais l'espoir qu'elle saurait d'elle-même rentrer au chenil. Il n'en a rien été. M. le Vicomte de Waligny m'a proposé de mettre à profit une permission pour aller à sa recherche tout autour du pays. Vous savez quel bruit il fait à l'équipage depuis que vous l'y invitez en permanence. Je devrais plutôt dire qu'il m'a donné l'ordre d'accepter sa proposition. Il m'a fait voir que ce serait un excellent entraînement pour son cheval ; le plus long serait le meilleur. Le cheval est aussi infatigable que le cavalier. Monsieur, avec mes devoirs, vous n'avez pas bien fait de lui confier l'honneur de servir avec votre dague. En votre absence, il se croit que c'en est à ne pas le supporter, et vous êtes seul à pouvoir le tenir en lisières. Bref, il est parti chercher Rafale. Il m'a raconté son affaire de sa façon ironique et parcimonieuse. En plaine, il faisait beau revoir dans les labours frais et il a retrouvé le pied de l'animal que nous avions manqué, puis le pied de Rafale dans la boue séchée au bord d'une flaque. Mais il était obligé d'élargir sa quête à mesure qu'il s'éloignait de la forêt ; il y a passé deux jours pleins, dix heures par jour. Enfin il est arrivé à la Rigauderie où le fermier lui a dit avoir entendu la nuit "les aboiements d'un chien de chasse" — ce brave homme voulait dire, en français, "les cris d'un chien de meute" — qui avait tué toute la basse-cour ; est-ce que M. le lieutenant venait donc pour l'indemnité ? Comme si Rafale pouvait avoir fait une chose pareille, en chassant son animal ! M. de Waligny a néanmoins payé, fort cher, qu'il m'a dit, c'est bien lui de faire son généreux. Puis il est reparti. Au bois de Félin, derrière la ferme, il a retrouvé les pieds de l'animal et de notre Rafale. Sur la carte, c'est bien à cinquante kilomètres du chenil. Sa permission venant à son terme, M. de Waligny a dû abandonner sa quête ; il m'a dit avoir assez tâté des arrêts de rigueur. Sauf votre respect, il viendra chasser samedi et vous rendra compte, mais je crains fort que nous n'ayons perdu Rafale. La seule chose dont je me réjouisse, c'est que cet échec pourra avoir un peu rabattu la collerette de M. de Waligny. »

Le comte remarqua le retard inhabituel de Waligny, peu coutumier de ce qui passait alors pour une discourtoisie.

Il avait pris le rapport. On s'apprêtait à partir en fanfare pour l'attaque, lorsque le lieutenant apparut à cheval dans la grande allée qui conduisait au rendez-vous.

Rafale, couverte de blessures et de sang, était couchée en travers des épaules. Waligny descendit de cheval, prit la lice dans ses bras et la déposa aux pieds du comte, dont elle lécha la main.

« Monsieur, si vous voulez la faire conduire chez le vétérinaire ? J'ai rempli cette mission avec d'autant plus de zèle que vous ne me l'aviez pas confiée. M. de Maud'huy m'a renvoyé du service avec l'ordre de retrouver coûte que coûte cette lice qu'il m'a reproché d'avoir perdue. Coup-de-Fouet a été parfait. »

Sur cette pointe, chacun monta à cheval, les bonnes trompes entonnant *Le Nouveau Départ*.

« Monsieur, dit Waligny au botte à botte avec le comte, à deux lieues environ de la Rigauderie, j'ai découvert des moutons égorgés qui sentaient déjà fort. Des charognards à plume et à poil y avaient travaillé. Ce ne pouvait pas être l'œuvre de Rafale, mais, à en juger par les volcelests, elle était passée par là. J'ai fait les retours et ai revu du cerf qu'elle chassait, et qui a voulu revenir en forêt, dans ses demeures. Trop tard. J'ai trouvé ce qu'il en restait ; dans un ruisseau ; peu de chose : les os, la peau, la tête avec ses bois.

— Que me racontez-vous là, Lieutenant ?

— Monsieur, le cerf que chassait Rafale a été sur ses fins dévoré par un loup, qui l'a attaquée. Elle s'est défendue de justesse. Je l'ai retrouvée blessée à une lieue d'ici, en suivant la piste du loup qui a dû être dérangé.

— Lieutenant !

— Monsieur, votre lice est là, vivante. »

7

Ce n'est pas jour de chasse. Pourtant Waligny a pris sa trompe et son fouet pour parfaire l'accoutumance de Diamant Noir. Le trottinement du cheval qui se traverse et baisse la tête pour demander la main vient lui rappeler que le volcan couve. Patiemment, Waligny bloque des doigts l'encolure qui descend, laisse imperceptiblement filer les rênes, dès qu'elle est remontée, pour libérer la bouche, reprend et bloque, laisse à nouveau filer, recommence vingt fois, cent fois, jusqu'à obtenir le calme précaire du vrai pas, frêle équilibre que vient disloquer le moindre incident, le moindre objet d'inquiétude ou de curiosité, le plus discret changement d'attitude ou d'assiette du cavalier. Mais ces vieilles recettes s'épuisent, et le cheval se couvre d'écume. Waligny devra bientôt lui donner de l'air, et lui réserve à cette fin un layon en faux plat montant qui serpente dans le vallon qu'ils atteindront bientôt. Le sol y est ferme sans être dur, dépourvu de racines et de pierrailles, le chemin large à y galoper deux chevaux de front, libre de branches basses sur trois quarts de lieue, marqué d'un léger dévers offrant assez de danger pour s'amuser sans trop tenter le sort.

Au fond du vallon, aucun cours d'eau, un marécage où prospère dans la pénombre une végétation impénétrable qui fait régner une ambiance de vague solennité. C'est là que Waligny a décidé d'« ouvrir ». C'est aussi la direction du chenil où il en profitera pour rendre visite aux chiens et à Coup-de-Fouet, qui habite sur place.

Seul un écuyer au rancart pouvait affirmer, comme l'ancienne école, « qu'il n'y a pas de chevaux qui tirent ; seulement des cavaliers qui ont la main lourde ». C'était avant que la cavalerie française fît son miel des chevaux intraitables, sans encolures galbées à la Géricault, ni culs ronds sur lesquels on se dresse pour montrer la papatte et faire le beau comme un chien de compagnie. C'était avant Diamant Noir. M. de Maud'huy, homme d'autrefois aux méthodes de demain, accueille ses officiers avec une homélie où flamboient deux préceptes : « Un seul but : la maîtrise physique » et « L'équitation est une affaire de force ». Quand son public lui plaît plus qu'à l'accoutumée, il conclut par ces mots destinés à provoquer une appréhension salutaire : « Les officiers qui n'aiment pas les chevaux dangereux n'ont pas leur place ici. L'ennemi aussi est dangereux. »

Mais Waligny sait que sa force n'est rien auprès de celle de Diamant Noir ; qu'il ne peut opposer à la violence de cette force que la violence de son caractère. Il faut résoudre ce qu'il appelle « l'équation Maud'huy » — l'impossible équation de la domination par le compromis et de la douceur dans la brutalité.

Pour lors, comme ils descendent une pente raide à flanc de vallon, Diamant Noir pointe les oreilles en avant, et se met à trembler. Le lieu est une coupe sombre dont le sous-bois est occupé par un hallier de ronces et de repousses piqueté de hautes prêles dans les fonds humides. Waligny ne voit rien. Diamant Noir sent, entend, voit ; ce qu'il sent, entend, voit ne lui plaît pas. Il bondit soudain et se met à galoper en sauts de cabri par-dessus les buissons. Waligny tient bon, comme collé à la glu dans sa selle ; il essaie de parler à son cheval, sans résultat. Et il voit.

Dans le faux jour du couvert, un loup colossal les regarde de ses yeux jaunes. Contrairement aux mœurs de son espèce, et comme si sa taille lui donnait de l'audace, loin de se couler entre les buissons pour fuir, il essaie de sauter à la gorge de Diamant Noir que ses mâchoires manquent de peu en claquant dans le vide ; Waligny comprend alors que la bête est enragée et qu'ainsi s'explique sa conduite agressive. Il pense à la lice Rafale qu'il croyait avoir sauvée et qui, peut-être, est en train de crever la bave aux lèvres, infectée par ses blessures. Le loup renouvelle son attaque, manque d'un souffle la ganache de Diamant Noir mais referme les dents sur la crinière à laquelle il se pend en grondant et en labourant l'encolure avec ses ongles. Il se débat ainsi dans des giclées de salive et de sang tandis que Diamant Noir, fou de terreur, poursuit sa course bondissante. Waligny brandit son fouet emmanché d'un andouiller de cerf pointu comme un fer de pioche et l'abat sur la tête du loup. L'andouiller pénètre dans l'œil du fauve qui lâche prise et s'enfuit en hurlant.

Waligny se souviendra du galop dans le fond du vallon. Il n'a fait qu'entrouvrir les doigts ; Diamant Noir est parti comme si l'énergie accumulée dans sa terreur se transformait en vitesse. Ils ont de l'air devant eux, et Waligny compte pousser l'expérience jusqu'à donner un peu d'éperon au premier signe de fatigue, pour conduire Diamant Noir au bord de l'épuisement. Mais ce signe ne vient pas. Waligny laisse faire en accompagnant moelleusement le balancier de la tête. Le cheval soutient indéfiniment ses douze lieues à l'heure — la vitesse de la locomotive — à peine ralenti par les dérapades dues au dévers qui, là où le chemin tourne à gauche, incline le sol vers la droite et vers le fond marécageux du vallon qu'ils longent.

Ils ont entendu de très loin les voix du chenil, qui par vagues se déchaînent puis s'apaisent, suivant les jeux et les querelles, car l'heure de la soupe est passée, et ce n'est plus la faim qui fait chanter la meute au repos. Cette musique, reprise par des échos aux cheminements mystérieux, fait monter les larmes aux yeux de plus d'un promeneur. Elle distrait les charbonniers et éloigne les vagabonds. Elle n'émeut pas Waligny, indifférent aux chiens sauf dans l'action, mais fait dresser l'oreille à Diamant Noir et réveille les bêtes sauvages endormies. Diamant Noir, vaguement inquiet, a ralenti spontanément le galop, puis a pris un pas vif que Waligny cadence de la botte et de l'assiette. Ils parviennent dans la clairière où sont installés le chenil et le logement de Coup-de-Fouet. Waligny ne voit pas le dog-cart attelé arrêté derrière le bûcher. Il descend de cheval. Le haut du jour fait vibrer les insectes.

« Coup-de-Fouet ? » — Waligny s'approche de la petite maison, frappe à la porte, entr'ouvre. « Coup-de-Fouet ? » Il sent une odeur de fricot rustique, entend le frémissement d'une marmite, appelle encore. Personne.

Diamant Noir, à son anneau, sèche au soleil en grattant du pied. L'enclos des chiens est désert, sauf un solitaire qui pleurniche. Un malade ? Un blessé ?

Waligny arrive au bûcher. Il entre. La Reine des Amazones, étendue dans la sciure sur une pèlerine de voyage en guise de matelas, la robe troussée jusqu'à la figure, l'ourlet entre les dents, tient Coup-de-Fouet entre ses jambes et l'attire à elle avec ses mollets. Waligny voit les bottines noires, les bas descendus et froncés qui s'agitent. Soudain la voix rauque, méconnaissable : « Pousse, vilain ! » — Les yeux agrandis par l'horreur, l'Amazone aperçoit Waligny. « Vous m'avez trahie, Jérôme Hardouin ! » Elle se lève en hurlant comme une brûlée et s'enfuit vers le dog-cart qu'elle fait démarrer en trombe.

« Tu as trahi Mademoiselle, Coup-de-Fouet ? Voyons ça ! »

L'homme, à demi déshabillé, sort en courant, l'allure entravée par ses chausses.

« Tu vas mériter ton nom, Coup-de-Fouet ! » Waligny fait au-dessus de sa tête le geste tournoyant du veneur qui va fouailler aux chiens. La flotte du fouet décrit dans l'air une courbe de serpent vicieux ; la mèche s'abat avec une détonation entre les jambes du piqueux, qui sautille pour échapper aux morsures du fouet. « Saute, pantin ! Fais courir les chiens au lieu de courir les dames. Voilà pour Rafale ! voilà pour Rigel ! voilà pour Révolte ! »

L'autre tente de se protéger les yeux avec les mains, mais Waligny frappe où il veut.

« Ne touche plus aux dames, piqueux ! Elles ne sont pas pour ton nez. Tu n'es pas digne de délacer leurs bottines. »

Coup-de-Fouet retourne au parler paysan. « Ah ben voir, sauf vot'colère, j'y ai bien délacé aut'chose à celle-là ! »

Le coup fend d'une oreille à l'autre le visage du piqueux Jérôme Hardouin, dit Coup-de-Fouet, dit Sosthène, sobriquet qu'il n'aime pas.

« Appelle-moi Monsieur ! »

L'homme s'enfuit dans la maison, et en ressort avec un fusil au moment où Waligny remonte en selle.

« Monsieur, tout Monsieur que tu es, si tu reviens ici, je te tue ! »

8

C'était une de ces journées aigres de mars où les promesses du printemps semblent s'éloigner pour toujours. Les cavaliers recevaient dans la figure les bourrasques de neige et de pluie mêlées comme les claques d'un drapeau mouillé. Les chevaux, agacés par la piqûre du froid, dansaient sur le lit de feuilles mortes qui recouvrait la terre en voie de dégel, causant de terribles glissades. Le ciel noir tombait sur la forêt. La meute donnait un bien-aller parfait derrière une compagnie où la bête de chasse, un grand vieux cerf portant quatorze, suivait une petite harde de biches. La difficulté de l'accompagné stimulait Coup-de-Fouet, décidé à donner et montrer son meilleur.

« Monsieur, ça va passer tout près du relais placé au Crot des Trembles, dit-il. Je demande la permission…

— Tout va, Coup-de-Fouet, tout va », dit le comte, couvert de boue, un peu rouge, essoufflé par le galop. « Combien de chiens ?

— Les douze, Monsieur le Comte. »

On allait donc mettre les douze chiens du relais qu'une tradition séculaire faisait appeler « les sixchiens », pour arrondir la meute et enfler la musique. C'était aussi une assurance contre les difficultés des derniers moments.

La chasse arrivait en lisière de forêt, après une poursuite de vingt kilomètres, à très grand train, dans la boue et le gel. Quatre chevaux étaient tombés, les cavaliers écrasant leur trompe dans leur chute et repartant en clopinant. Les *hommes* s'affairaient à attraper les chevaux affolés qui gambadaient dans la futaie, et à les présenter à ceux des cavaliers démontés qui étaient en état de poursuivre. Waligny, sur Diamant Noir, avait pris les devants à gauche de la meute.

La fanfare du débuché éclata. Le comte et Coup-de-Fouet, arrivés en plaine avant les chiens, virent la compagnie sortir du bois, le cerf derrière les biches, hochant au rythme du galop sa tête un peu haute et ses bois inclinés sur le dos. La rivière, grosse de giboulées, grondait sous la saulée en tordant ses tourbillons limoneux. Les biches firent demi-tour, le cerf sauta dans l'eau, passa, et disparut. De la lisière du bois parvenait la clameur de la meute qui s'approchait comme un orage avant d'éclater sur la plaine. Waligny sonna un bien-aller, salué par Coup-de-Fouet d'un menton ironique. C'était bien de lui, jouer les nécessaires ! À quoi bon faire du bruit pour appeler des chiens qui sont parfaitement à la voie, et chassent comme des démons ? La meute sortit du bois, conduite par Rafale, l'héroïne du combat avec le *pérégrin des Ardennes* ; on appelait ainsi ce loup qui était devenu une légende dans les assommoirs du canton.

« Au coule (au courre) à Rafale, au coule ! » cria le piqueux, imité par les plus actifs des cavaliers.

Waligny reprit sa fanfare : il avait compris avant Coup-de-Fouet ce qui devait arriver. Les chiens s'arrêtèrent à la rivière, refusant de s'y jeter pour suivre leur cerf.

« À la vouée (voie) les p'tits valets ! À l'eau les beaux ! »

Rien n'y fit. Les plus ardents longeaient la berge d'un air inquiet. Les autres s'assirent ou pissèrent dans l'herbe.

« Monsieur, dit Coup-de-Fouet, s'adressant au comte, je prends les chiens avec moi et je les fais passer au gué du Fou.

— C'est loin ?

— Une demi-lieue.

— C'est une lieue pour remettre à la voie de l'autre côté.

— Avec un peu de chance, Monsieur, le parti du cerf se rapproche de moi et j'accroche la *voie*. D'ici les animaux vont souvent au val d'Aulnoy.

— Monsieur, dit Waligny, j'ai une autre idée. Faisons passer les chiens sur le dos des chevaux. En mettant vos cavaliers de corvée de bac, nous y gagnons une demi-heure et nous empêchons le cerf de se forlonger.

— On va s'amuser, dit le comte. Coup-de-Fouet, Waligny, prenez chacun la moitié des chiens et faites suivant votre système : Coup-de-Fouet retrouve la voie par le gué du Fou ; Waligny passe les chiens ici. Que le meilleur gagne.

— Premier à l'hallali tue l'autre ? demanda Coup-de-Fouet.

— Premier à l'hallali tue l'autre », répondit Waligny.

Le comte riait sous son masque de boue.

« Je te laisse les meilleurs, dit Waligny à Coup-de-Fouet.

— Je vous laisse les meilleurs, répliqua Coup-de-Fouet, sauf Rafale.

— Waligny, dit le comte, je vous délègue mon couteau. »

L'étang Guizot était notable en ceci que l'austère ministre de Louis-Philippe n'y avait jamais mis les pieds, et que ce n'était pas un étang, mais une mauvaise prairie marécageuse, semée de joncs et de prêles, coupée en deux par un mur en ruine recouvert de ronces.

Le grand cerf y parvint sur ses fins, maintenu par quelques chiens des deux partis, celui de Coup-de-Fouet et celui de Waligny, justifiant ainsi l'un et l'autre. Le reste de la meute s'était perdu ou laissé distancer. Les chiens aboyèrent leur animal, Rafale ne cessant de mordre le croupion que pour sauter à la gorge du cerf au risque de recevoir un coup d'andouiller. Les deux compères ennemis arrivèrent en même temps, avant tout le monde, mais chacun de son côté, bien qu'ils eussent vers les fins appuyé et suivi leurs chiens réunis en un seul groupe. Ils mirent pied à terre et sonnèrent la fanfare de l'hallali courant avec un ensemble que démentait leur inimitié. Le cerf sauta le mur plusieurs fois en de vaines tentatives pour échapper à ses bourreaux. Un chien trop ardent mourut la poitrine transpercée, la gueule remplie d'une mousse rose. Des lambeaux de poumon s'échappaient par la blessure. Le cerf s'immobilisa dans une brèche du mur et fit tête aux chiens à travers la ronce. Les deux hommes s'approchèrent, le couteau à la main, chacun d'un côté du mur, émoustillés par la saveur du danger non moins que par leur rivalité. On ne saura jamais lequel eut le premier l'idée de détourner le couteau pour tuer l'homme plutôt que la bête. En un éclair les deux lames se croisèrent, mais l'un et l'autre furent sauvés par un coup de boutoir du cerf qui les renversa tous les deux sans les blesser.

Le comte prenait soin d'organiser les curées de son équipage en grande fanfare et en cérémonie. Ce n'étaient pas de ces curées chaudes sonnées en catimini, tout de suite après la prise, sur les lieux mêmes où elle avait eu lieu, donnée aux seuls chiens et par les seuls veneurs présents à l'hallali.

Non. Les curées froides de M. le Comte étaient à la fois une fête barbare, une réunion mondaine et un concert de trompes, donnés dans la cour du château avec toute la meute et l'équipage au complet. Les puristes déploraient qu'on récompensât ainsi les traînards et les égarés qui n'avaient pas été, comme ils disaient, « à la mort ». Tandis que les chiens dévoraient la dépouille de l'animal, préalablement amputé de ses bons morceaux, les cavaliers victimes de chutes assez bénignes pour qu'ils pussent se tenir debout s'y tâtaient les côtes en lorgnant les dames d'un air dolent dans l'espoir jamais satisfait de les apitoyer. Les autres leur racontaient à voix basse des histoires lestes dans l'ambition toujours déçue de les séduire. Tous savouraient en titubant l'ivresse de la fatigue, et l'accomplissement d'une tâche d'autant plus impérieuse qu'elle n'était imposée par personne ; les accents de la trompe, jaillis de la mélancolie d'un autre âge, faisaient monter les larmes aux yeux des moins endurcis, tandis que les plus recuits de ceux qui ne connaissaient pas la musique fredonnaient dans leur moustache les paroles obscènes imaginées pour chaque fanfare, en l'honneur des dames, par des générations de piqueux à la concupiscence réprimée par l'inaccessibilité de son objet : qui, hormis peut-être l'aventureux Coup-de-Fouet, eût en effet rêvé sans trembler au corps retenu des femmes et des filles de ceux que la tradition faisait appeler « les maîtres » ? La première de ces fanfares, sonnée alors qu'un enfant campé au-dessus de la dépouille agitait la ramure du cerf pour exciter les chiens, était le plus souvent celle de la vue qui avait marqué le début de la chasse ; les connaisseurs savaient de quel objet la vue était célébrée dans les couplets qu'on apprenait aux petites filles venues en cachette visiter les écuries.

Les médisances aussi allaient leur train, qui n'épargnaient ni les erreurs de vénerie, ni les intrigues amoureuses.

« Falcourt a une fois de plus sonné son bien-aller sur un change.

— On ne peut même pas lui faire confiance négativement : sa trompe se trompe, mais pas toujours.

— Salas est plus sûr. Il est systématiquement brouillé avec les points cardinaux. Quand la chasse va à l'ouest, il se précipite à l'est.

— Oui, mais que faire quand il perd le nord ? Ha ! Ha ! Si je le rencontre à un carrefour, je lui dis : "Mauvais signe, j'ai perdu la chasse, ha ! ha !" » Celui-là riait à ses propres plaisanteries, qui n'étaient jamais drôles ; mais que lui-même les trouvât telles faisait rire le monde, et il était content.

« As-tu vu comme la petite La Varinière regarde Waligny avec des yeux de merlan frit ?

— Le poisson qui va à la pêche.

— Elle peut toujours se brosser. Waligny n'aime que son cheval.

— Son cheval a l'amour vache, ha ! ha ! Honni soit qui mal y panse, ha.

— On dit que Léonor a des douceurs pour…

— Laisse-moi deviner. Géraud ? D'Ercery ? Afanassiev ?

— Tu la mésestimes. Cherche plus haut.

— Le prince ?

— Plus haut…

— Je donne ma langue à qui tu sais.

— Prince ne daigne…

— Quoi ! Le comte ? Pauvre mari. Pauvre comtesse.

— Pauvre Léonor. »

Quand on donnait la panse du cerf, le forhu, friandise présentée au bout d'une fourche pour enrager les appétits, la meute se déchaînait, les chiens montaient par vagues les uns sur les autres en hurlant, comme s'ils allaient engloutir dans leur marée l'homme qui tenait la fourche. Le forhu, encore plein d'aliments non digérés, laissait échapper une matière verdâtre, visqueuse, d'une puanteur indicible, que les chiens se disputaient avec acharnement. Les plus timides, écartés à coups de dents, s'éloignaient la queue basse, mais rejoignaient la curée lorsque celle-ci s'intéressait de nouveau à la carcasse de l'animal qu'elle déchiquetait dans des craquements d'incendie. Des enfants couverts de sang allaient et venaient en riant dans cette boucherie, au mépris du danger, sous l'œil insouciant de leurs parents. Mais, ce jour-là, Coup-de-Fouet avait improvisé une variante insolite.

La jeune biche encore en livrée avait été capturée au début de l'automne, à peine sevrée, alors qu'elle allait au *gagnage* chercher l'herbe chargée de rosée. Aux premières lueurs de l'aurore, elle suivait sa coulée vers une pâture qui bordait la forêt lorsque le filet lui tomba dessus. De fortes mains l'immobilisèrent, et, prestement entravée, elle se retrouva sur les épaules d'un homme dont le contact et l'odeur la remplirent de terreur. Elle fut d'abord nourrie au biberon avec du lait de chèvre que la faim lui fit aimer, puis on l'accoutuma aux nourritures solides avec des rations croissantes de blé et d'avoine mélangés de glands concassés, liés avec un peu de miel. Elle prit à ce régime force et rondeurs en perdant sa livrée, et devint la plus ravissante biche qu'on eût jamais vue en forêt. On lui ménagea un vaste enclos dans le bosquet qui jouxtait le chenil, de sorte qu'elle s'habitua facilement aux clameurs de la meute qui rythmait les heures de repas.

Coup-de-Fouet jouait le rôle du père comme ne l'eût fait aucun cerf, animal dépourvu de tout instinct familial. Il la cajolait et la veillait lorsqu'elle était malade, circonstance favorisée par la captivité ; il la faisait visiter à ses frais par le vétérinaire. Il l'habitua à cohabiter avec la meute en l'établissant d'abord dans le chenil des lices, vidé de ses occupantes qu'il relogea dans un appentis. Puis il agrandit en l'ouvrant vers le bosquet voisin la vaste cour d'ébat tapissée d'herbe qui lui avait servi d'enclos. Elle y fut lâchée en présence des chiens sous la surveillance de Coup-de-Fouet armé de l'instrument auquel il devait son surnom et qu'il maniait avec une implacable dextérité. Les chiens ainsi retenus se gardèrent de chercher querelle à la belle captive. L'habitude s'installa de la tolérance mutuelle, bientôt muée en familiarité. Aux repas, qu'elle prenait avec les chiens, la biche avait son auge où elle apprit à se nourrir seule et que les chiens ne lui disputèrent pas. Coup-de-Fouet passait ses courtes heures de loisir à regarder sa protégée, toute de grâce élégante, danser la pavane comme une infante dans la foule dégingandée des chiens de meute.

Donc, ce soir de grande curée, où l'élégance des invités de marque avait survécu à leur immersion dans la boue, Coup-de-Fouet, comme c'était l'usage, ouvrit la porte du chenil d'où les chiens s'échappèrent en torrent. Emportée par ce courant, la haute silhouette de la biche s'avançait vers le lieu où serait bientôt mise en pièces la dépouille d'un mâle de sa race. La surprise écarquilla les yeux des spectateurs ; des mâchoires tombèrent chez les moins distingués. À la fanfare de la curée, sur un signal du piqueux qui leva son fouet, les chiens jusqu'ici tenus en respect se ruèrent sur la carcasse débarrassée de sa nappe, qu'ils se disputèrent en grondant d'une extrémité à l'autre de la cour du château. Sans en avoir convenu, Waligny et Coup-de-Fouet se partagèrent la tâche d'empêcher les chiens ivres de sang de renverser les dames ; on laissait les messieurs se défendre tout seuls. Waligny se saisit de la dépouille encore tiède, qui aspergeait l'assemblée de lambeaux sanguinolents, et la projeta au loin ; elle fut aussitôt submergée par les chiens, tandis que la biche broutait paisiblement à quelques pas de là.

« Piqueux, cette biche n'a pas sa place ici, dit Waligny.

— Allez vous plaindre à M. le Comte.

— Elle va endormir le nez des chiens.

— Balivernes. M. de Canteleu mettait des loups apprivoisés dans sa meute pour chasser le loup.

— Balivernes : cette biche ne chasse pas le cerf.

— Allez expliquer à M. le Comte vos vues de la vénerie.

— Je vais renvoyer cette biche au bois.

— Vous n'avez pas qualité. Cette biche est à moi.

— Elle est à M. le Comte : tu l'as braconnée.

— Qui êtes-vous pour le dire ? Vous n'êtes pas garde-chasse. Vous n'avez pas prêté serment.

— M. le Comte m'a délégué son couteau.

— Il a eu tort.

— Piqueux !

— D'ailleurs, vous n'êtes pas en action de chasse. Question de cette biche, je ne connais personne.

— Nous verrons. » Waligny s'éloigna tandis que les trompes entonnaient la fanfare des honneurs.

Le comte murmura un nom à l'oreille de Coup-de-Fouet, qui rougit. Le piqueux prit le pied de l'animal, le posa sur sa toque et, derrière le comte, s'approcha de la Reine des Amazones. Les yeux de porcelaine souriaient d'un éclat froid.

« Monsieur, dit-elle au comte, je ne sais qui remercier, de la bouche qui a donné l'ordre ou de la main qui donne le trophée.

— Sans cette main, dit le comte, nous n'aurions pas pris l'animal dont vous honorez la mort en acceptant son pied.

— Sans votre ordre, Monsieur, il aurait été à moins indigne que moi. »

« Dans les mariages et dans les bals où elle carbonise ses rivales, on l'appelle la "Demoiselle d'horreur".

— Elle n'a pas de quoi payer la naturalisation du pied.

— Ni l'inscription sur la plaque. La gravure est hors de prix par les temps qui courent.

— Ni le pourboire du piqueux. Il y a des riches ici

qui ont fait monter les enchères. Saint-Hilaire a donné cinquante francs la dernière fois qu'il a reçu les honneurs.

— Il est fou.

— Il est fou, mais il chasse. »

Elle rejoignit Coup-de-Fouet dans la cuisine du chenil. Il était en train de touiller le riz dans une odeur de réfectoire.

« Jérôme Hardouin, dit-elle d'une voix de neige, toute peine mérite salaire. Voilà pour boire à la santé de la bête que vous avez exterminée. Le plus bestial des deux n'est pas celui qu'on pense.

— Alors, Mademoiselle, dit Coup-de-Fouet en prenant la pièce qu'elle lui tendait, on paye ses montes ? »

9

Les beaux jours revinrent, que les acharnés appelaient « mauvais jours », jours sans chasse où ils ne pouvaient assouvir leur passion. C'était aussi la saison des courses. Entre deux trains de nuit, Waligny passait ses fins de semaine sur les hippodromes, à faire perdre les chevaux de l'armée et gagner ceux de ses amis. Il consacrait le reste de son temps à dresser son cheval et ses recrues avec la même main de fer.

Arriva l'époque du brame. Les grands cerfs s'assurèrent, dans des combats parfois mortels, l'exclusivité des meilleures biches, comme ils faisaient chaque automne depuis la nuit des temps. Les jeunes, les éclopés et les poltrons s'enfuyaient dans les halliers, sous la lune indifférente et froide, sans avoir pu faire gicler leur sève dans des vulves qui, d'ailleurs, ne les auraient pas accueillis. La biche captive sentait un malaise diffus, une démangeaison frémissante travailler ses entrailles. La glandée était abondante cette année-là ; on avait ménagé son séjour aux confins d'un bosquet où les chênes étaient nombreux. Elle se gavait avec une sorte de rage dont la faim n'épuisait pas l'objet. Elle commença à redouter les chiens avec qui elle avait vécu jusqu'alors en bonne intelligence. Naguère, après avoir viandé, elle allait à la reposée sous un couvert, ou s'accroupissait sur l'herbe, observant dans un aguet sans inquiétude les mouvements de la végétation et les animaux de la nuit, paisiblement attentive au sommeil de la meute, dont les cris et les grondements ponctuaient les rêves de chasse et de curée. Mais ces jours-là, la satiété ne lui apporta pas le calme. Elle ne cessa de parcourir son domaine d'un trottinement impatient, ne s'arrêtant le long des clôtures que pour humer en tremblant les effluves de la forêt, pointant les oreilles vers les cris du brame, grattant le sol avec ses pieds, frottant sa tête contre les cépées. Elle réagissait avec terreur au tumulte des chiens qu'on sortait pour la soupe du matin. Une nuit de lune, où l'automne soufflait une haleine déjà fraîche, elle trouva une brèche dans la clôture et s'enfuit à l'appel du brame.

10

Verrie-Saumur, 22 juillet 1912
69e course

Fameux hippodrome, aussi dangereux qu'amusant, dont des mères éplorées ont fait baisser les obstacles, heureusement relevés depuis.

Bara, *par* Narcisse *et* Olbia, *à mon fidèle et gai camarade d'Orgeix (casaque et toque gris perle, manches rouges, très élégantes). 11 partants.*

Le dos au mur de pierre, j'essaye de voler le départ, mais le commissaire avait encore son drapeau sous le bras et me rappelle à la décence. Je prends un bon tournant à gauche qui me permet de sauter en tête le talus breton. Je monte le cheval dans les mains, il saute comme un ange. Dans la boucle du bois de sapins, je suis toujours en tête avec Norvège. *Nous empoignons la descente à fond de culotte, passons comme le vent les deux brooks et le gros talus bull-finch :* Norvège *fait une grosse faute et s'écroule, mais* Clavecin *vient à ma hauteur. Je monte, je monte, le cheval va-va,* Clavecin *et moi sautons ensemble les « crottes de bique », un nouveau tournant de gentleman me donne deux longueurs, mais* Clavecin *revient, me prend une encolure et moi le bâton, je trique,* Bara *rend bien à la trique,* Le Coran *vient à ma droite, et dans une arrivée fumante je suis 1er à une tête de* Coran *et à une encolure de* Clavecin. *Sale, couvert de terre et trempé de sueur je monte causer avec de belles dames, et, parmi les mondaines, j'en retrouve une demie, M.B., retour d'Afrique après avoir touché, c'est le mot, Paris, Angers et Nantes. Sa conversation, ses sourires, ses caresses sur mes yeux pour enlever la terre intriguent quelques élégantes. Retour à l'hôtel en auto avec les Davidsard et d'Orgeix : trois gagnants dans la même voiture ! Souper avec Charette dans sa chambre en compagnie de deux dames toutes nues. Coucher à 4 heures, 8 heures de chemin de fer pour rentrer au quartier. Encore deux ou trois ans d'une petite vie tranquille comme celle-ci, et on ira se faire tuer aux colonies. Promis !*

J'ai gagné deux autres courses que je ne note que pour mémoire, mes vrais concurrents n'étant nulle part à l'arrivée.

Conseils de Lastic, mon mentor attitré : toujours VOLER LE DÉPART, puis REPRENDRE le cheval dès le premier obstacle, monter de loin avant les obstacles, assis, les jambes au contact, les rênes longues, en posant les mains. À l'arrivée, s'asseoir, pousser dans les fesses, RACCOURCIR LES FICELLES POUR PRENDRE LE BÂTON. Lastic me répète que « je ne sais pas faire une arrivée ». Peut-être, peut-être : il faudra que j'y réfléchisse après ma prochaine victoire.*

* À cette époque, on montait encore « assis » tant à l'obstacle qu'en plat. La monte debout, dite « à l'américaine », devait triompher avant la guerre de 14.

Auteuil, 3 août
70e course

Adieu l'Amour. *Hongre bai, à La Vingtrie. Casaque vert d'eau, toque bouton d'or. 17 partants. Je suis dans les trois leaders jusqu'à la rivière où je me trouve 1er. Je finis devant* Évreux *et* Artiges.

J'ai très bien monté et m'en suis rendu compte. Le nom de mon cheval était de circonstance, et le beau jour a été complètement beau, car, à mon arrivée à la gare, G.S. me tombe dans les bras pour une interprétation particulière et spéciale de Nous irons à Paris tous les deux… *En me quittant, cette gentille rosse, et jolie, me demande dans un langoureux au revoir « quand est-ce qu'on se reverra ? », comme dans la chanson. Je ne la reverrai jamais. Elles sont aussi journalières que des pur-sang. « Adieu l'Amour », et tant pis pour elle, qui fut mon meilleur souvenir sportif.*

Triste retour après ces fortes joies : nous enterrons un malheureux, mort d'une maladie qui ne s'écrit pas, et je tiens les cordons du poêle. De L'Abbaye de Thélème *et du* Rat-Mort, *ses bas-lieux favoris, il n'y a pas loin au cimetière de l'Est.*

Auteuil, 10 août
71e course

Même cheval. Inspiré par le triomphe précédent, jamais je n'avais ressenti pareille confiance. Le Jockey *me donnait grand favori. Mais j'ai eu tort de suivre trop exactement les ordres du propriétaire. Je me suis fait voler le départ et ai voulu mettre trop vite le cheval en tête. Dès la première haie Saint-Sauveur me boule dans les pieds et je tombe au mur de pierre. Leçon : toujours voler le départ, monter rênes longues, s'asseoir longtemps avant l'obstacle. Avoir peur, mais avec modération.*

Ci-joint touffe de bruyère cueillie par une jolie main au pied du fatal mur de pierre.

Nantes, 17 août
72e course

Red Prince II *(origine inconnue quoique présumé pur-sang). Arrivé à Nantes après une nuit de chemin de fer. Un corps-à-corps sans vaincu avec la charmante A.G. meuble l'attente de la correspondance à Paris. L'hôtel miteux qui nous accueille près de la gare du Nord vaut tous les séjours à Cythère. Du quai où elle me dit adieu A.G. me lance un « voyou, va » que je préfère aux compliments les plus sucrés.*

Le cheval s'est effondré au bout de 2000 mètres, fatigué par le raid de 50 kilomètres en 4 heures que notre chef d'escadrons, si sportif, l'a obligé à faire. On n'est pas moins homme de cheval que cet officier de cavalerie.

Charette gagne sur Querelleur *après avoir mené botte à botte avec moi jusqu'à la banquette.*

Les obstacles de Nantes sont énormes. *C'est un grand et bel hippodrome, malheureusement gâté par la douve, la banquette et cette affreuse dernière haie à 200 mètres du poteau. Les chevaux tombent comme des quilles et l'arrivée fait penser à celle d'une course à pied : le premier à l'infirmerie gagne.*

La Guerche, 24 août
73e course

Djerin, *hongre bai brun par* Palikare *et* Daisy.

Joli déplacement. Le curé dit sa messe à un train d'enfer, sautant le credo, l'offertoire et le sanctus comme autant d'obstacles, pour encourager le sport en nous permettant d'arriver à l'heure, mais Lastic, qui a proposé de me conduire dans son ravissant cabriolet attelé de sa ravissante jument Penthésilée, *nous fait verser en arrivant à l'hippodrome. Il s'en faut de peu que je n'en manque cette première course : je me rue dans mes couleurs, casaque gris-bleu, croix de Saint-André, manches et toque bleu ciel, d'une élégance admirée par quelques beaux yeux aqueux. Lastic se répand en regrets profus, mais cette hâte ne m'empêche pas d'arriver premier, après avoir de bout en bout mené tambour battant devant* England *et* Ducat. *Au retour, halte à Nevers entre minuit et 3 heures du matin ; une excursion au beuglant se termine par un incident avec des fiers-à-bras locaux qui ne trouvent pas de leur goût le goût des demoiselles nivernaises pour les jolis cavaliers venus d'ailleurs. Je m'en tire avec un œil au beurre noir, Lastic avec son dolman déchiré, mais quelles aimables petites pelotes que ces gamines ! On aurait presque souhaité rater le train après quelques croupades, appuyers d'entre-deux et autres figures de basse école exécutées dans une remise de la Compagnie des Chemins de Fer du Centre.*

Laval, 31 août
77ᵉ course

Paillasse *(hongre alezan par* Proscrit *— nom funeste ! — et* Pandore*), au capitaine des Ormeaux du 25ᵉ dragons — casaque rose, manches et toque bouton d'or. Spectatrices toujours allumées par le feu des couleurs. Très bel hippodrome, obstacles gros et bien faits, œuvres d'art d'un Le Vau des champs de courses. C'est un plaisir d'y risquer sa vie conformément aux instructions du colonel de Maud'huy. La course est une véritable hécatombe car, après chutes et dérobades de nos adversaires nous ne restons que deux sur dix au dernier obstacle. Je fais la bêtise de dire à mon seul concurrent, l'adjudant-chef Gallardon, qu'il va faire une erreur de parcours et qu'il doit sauter la haie au lieu du mur vers lequel il se dirige. Mon geste chevaleresque me fait perdre : Gallardon me passe très fort ; je réussis à revenir et j'arrive à une encolure malgré une énorme faute à la dernière haie où* Paillasse *me jette sur ses oreilles. Les miennes tintent encore des sarcasmes de la belle Y. de S. qui me dit que j'aurais eu l'air moins sot si j'étais « tombé comme tout le monde » en laissant Gallardon finir seul. La chute d'un ange, en quelque sorte, au lieu de la défaite d'un imbécile. Elle a raison ; on ne m'y reprendra pas.*

Jonzac, 7 septembre
78ᵉ course

Grosse journée, deux filouteries.

Eleusis *(bai brun par* Krakatoa *et* Lady Jane*), casaque bleue, manches jaunes, toque blanche, signe d'innocence. La jument est charmante, passe plus qu'elle ne saute ; François-Henri de P. sur* Electra *est au botte à botte pendant les deux premiers tours — il m'avait pourtant dit qu'il resterait derrière — me pousse dans le tournant, et me coupe sur le talus ; je tombe, remonte et finis 4ᵉ sur une jument butée qui couche les oreilles. Victoire d'un triste sire ! Je me drape dans ma dignité offensée devant les belles qui s'inquiètent de ma santé plus que de mon honneur.*

79ᵉ course

Sion *(jument alezane par* Ornicar *et* Vraiment Jolie*). La jument est exquise et saute comme un oiseau. Je me place second ou premier selon que mon seul vrai concurrent, Falcourt, sur* Salvetat*, me laisse ou non la place à la corde quand il tourne. Il me coupe carrément sous le nez des commissaires et me prend 15 longueurs. Je reviens peu à peu sur* Salvetat*, prends la corde au tournant et saute la dernière haie presque au botte à botte, mais, malgré mes efforts, je ne peux dépasser les hanches de ma concurrente.*

D'Orgeix me déconseille de réclamer contre ces deux filous, en me représentant que j'aurais l'air d'un mauvais coucheur, ce que je suis. Mais dans une contestation entre gentlemen, il faut deux gentlemen : où sont les autres ? Je prends donc le parti de faire comme si je pensais qu'ils ne l'avaient pas fait exprès. Ça ne trompe personne, mais les apparences sont sauves. J'enrage.

Moralité du jour : sur un hippodrome dérobard, avec des jockeys un peu filous, on n'est bien que derrière ou devant.

Saumur, 9 septembre
82e course

Djerin. *Triste exhibition, triste résultat. Préoccupé par les obstacles que je « soigne » à l'excès, et que le cheval saute trop fort, je me trompe de parcours avec* Dagobert, *fais la bêtise de continuer, et le cheval tombe complètement boiteux à la dernière haie. Je suis obligé de mettre pied à terre car il marche sur son boulet arrière gauche. Le propriétaire le vend à la boucherie, non sans m'accabler de reproches que je récuse avec d'autant plus d'énergie qu'ils sont mérités. Fin d'un magnifique sauteur et d'une amitié qui ne résiste pas à sa première épreuve. Mon gros chagrin est d'avoir mal monté et fait rigoler les tribunes.*

Depuis la fin des chasses, j'entraîne mon cheval d'armes, Diamant Noir, *pour le Grand Prix de Bretagne à Nantes, et une suite victorieuse en cas de succès dans cette épreuve. J'y mets une minutie d'adjudant prussien. J'ai réparti son temps et le mien en tranches, comme du leberwurst de Poméranie. 1re quinzaine, 2000 mètres tous les deux jours au galop de chasse, précédé d'un temps de trot de même longueur. Les jours sans galop 3000 mètres de trot, jusqu'à moi-*

teur exclue. 2e quinzaine, tous les 2 jours 1000 à 1500 mètres au train de chasse et galop de 1500 mètres au train de steeple. 3e quinzaine, 3000 mètres au train de steeple par semaine, précédé de 1000 mètres de canter. Puis à partir de la 4e quinzaine, tous les trois jours un galop au train de steeple sur la distance de la course visée. Les autres jours deux canters de 1500 mètres. Nourriture à l'avenant.

À la chasse où je l'ai monté toute une saison il m'a montré qu'il sait ou peut tout faire. L'aisance avec laquelle il absorbe l'entraînement à la course me donne les plus grands espoirs, que seule ma modestie empêche de travestir en certitude. MAIS !

Nantes, 16 septembre
85e course

Diamant Noir. *Le cheval est fin prêt, ne sue ni ne souffle. J'ai acheté 2000 francs de perles pour la belle G.S. qui m'a quitté avec d'aimables promesses, dont celle de venir me voir gagner à Nantes. Je la cherche en vain : les perles seront pour une autre. Je vais à la messe avec d'Orgeix et Jahan : nous édifions l'assemblée par notre tenue et nos chants. J'y prends toutes sortes de résolutions, hippiques, cynégétiques, et d'autres peu compatibles avec le lieu où elles sont prises, mais je ne peux réprimer la pensée que Quelqu'un, là-haut ou là-bas, me comprend, et me pardonne pour autant qu'Il ne m'approuve pas.*

Je tombe à l'avant-dernière claie alors que j'avais course gagnée.

Martin sur Tricoteur *emmène fond de train devant Labeau ; Marande et J. de la Brosse tombent à l'open-ditch des tribunes.* Diamant Noir *saute comme un lion. À la banquette je suis en tête. Radieux, je monte très fort mais mon* Diamant *a un crapaud, car il fait une grosse faute à la claie de la descente. Je perds mes étriers, vole en l'air, retombe miraculeusement en selle (Quelqu'un, là-haut... !) mais finalement, c'est la chute grave, commotion cérébrale et perte de connaissance. Nuit terrible à l'hôtel des Trois-Marchands malgré un séjour à la salle d'hydrothérapie où mon ordonnance me frotte et me masse à bleuir avant de me tartiner d'embrocation. Il est complètement saoul et n'a cessé toute la journée de m'appeler M. le Duc. Je l'expédie par le premier train, sous la menace de sévices inhumains si son état lui fait manger la consigne, pour porter la nouvelle de mon absence « à cause de mort » le lendemain. Il a mission de noircir le tableau mais je ne couperai pas aux arrêts. Je suis en miettes, ce qui satisfera ma hiérarchie, et ravi de mon cheval à qui je crois une belle carrière.*

Lundi, tout bandagé et emmailloté, je reçois dans ma chambre quasi mortuaire deux visites inattendues. D'abord celle de Coup-de-Fouet, venu dans la région acheter des chiens à M. de La Honville ; il en a profité pour jouer et perdre ses maigres économies, en grande partie sur Diamant Noir, *ce qui me flatte en même temps que ça le ruine. Il écume de rage, non pour ce contretemps financier, mais parce qu'il croit que c'est moi qui ai libéré sa biche en faisant une brèche dans la clôture. Il ne m'a pas pardonné de lui avoir administré le knout comme un boyard à un serf de Volhynie ; mais l'évasion de la biche le plonge dans un insondable chagrin. L'imbécile en pleure devant moi. Il serait moins triste s'il avait perdu une fille chérie. Je ne comprendrai jamais la sensiblerie des gens du peuple. Voilà un homme qui a embroché des centaines de cerfs, pendu quantité de chiens trop lents, battu ses femmes, tué des milliers d'oiseaux, fait mine de me poignarder à l'étang Guizot, et qui pleure pour une biche !…*

J'ai aussi reçu la visite de la Reine des Amazones, l'effrayante Castellblanch. *Elle m'a d'abord regardé en silence de ces yeux qui font penser à une exposition d'assiettes hollandaises. Apparemment nous ne sommes pas au mieux ensemble.*

11

« Je suis venue vous voir perdre ; je n'osais pas espérer vous voir tomber. Vous avez de ces délicatesses ! Vous ne pouvez donc rien me refuser ?

— Avez-vous parié gros sur Diamant Noir ? demanda Waligny.

— Des sommes folles, dont je n'avais pas le premier sou. À crédit, remboursement par la succession.

— Madame votre mère…

— N'a pas un franc à m'avancer. Il faudrait vendre, et nous aimons la maison. La roseraie sent si bon qu'on en tombe évanoui. Vous voudriez m'en priver ?

— Je ne veux rien.

— Rien ? Même pas moi, Monsieur le lieutenant méchant ? »

Silence.

« Rien ? Même pas moi, Monsieur le lieutenant menteur ?

— À d'autres ! dit Waligny.

— Voulez-vous dire que je suis à d'autres, Monsieur le lieutenant malotru ? Ou voulez-vous que je raconte à d'autres… raconte à d'autres ce que vous savez ? »

Nouveau silence.

« C'est à vous de couvrir ma perte, dit l'Amazone. Vous êtes responsable.

— Quelle affaire ! dit Waligny. Où allons-nous si les responsables doivent payer ?

— Trouvez quelqu'un d'autre, le concurrent qui vous a poussé, votre cheval ! l'armée !

— Le cheval est à moi, dit Waligny, et il n'est pas à blâmer. Il a été magnifique.

— Alors ! Vous refusez ? De deux choses l'une : ou vous êtes avare ; ou vous êtes pauvre. Quel est le pire ?

— Le pire serait de ne pas vous dire qu'avec une contrepartie convenable, on pourrait peut-être…

— Contrepartie ?

— Vous avez compris », dit Waligny. Il sourit d'un sourire que la douleur fit s'achever en grimace.

« Contrepartie ? » dit l'Amazone. La colère montait dans sa voix, nuancée d'incrédulité.

« Vous êtes de celles à qui ce serait manquer de charité de ne pas l'offrir.

— Vous faites un drôle de saint Martin à partager le manteau des autres. » Elle le gifla, d'un aller et retour puissant, à grande volée, sans lui arracher un mot. « Vous avez un bal costumé cette nuit, que vous vous êtes déguisé en momie ? »

12

Ils étaient deux cerfs, qui se faisaient chasser par deux équipages découplés ensemble. Le comte avait invité la belle Énimie de Villars-Lupicin, que la vénerie surnommait Mlle Hallali, comme l'héroïne du marquis de Foudras, et qui laissait entendre, sans l'affirmer clairement, qu'elle descendait du vainqueur de la bataille de Denain. Ceux qui ne l'aimaient pas, et ils étaient nombreux, ne manquaient pas d'évoquer la défaite de Malplaquet, et prétendaient qu'au surplus la demoiselle devait son nom à Nina de Villard, avec un *d,* maîtresse de Charles Cros, qui ne refusait pas toujours de la prêter à d'autres poétastres du même cercle, d'où le doute pesant sur cette douteuse ascendance.

Ces chasses conjointes étaient l'occasion d'âpres rivalités. Celle des maîtres, d'abord, qui cherchaient dans ces réunions moins à mettre l'animal aux abois qu'à démontrer que l'autre n'en était pas capable. Celle des piqueux, ensuite, échauffée dès la veille au soir dans les cabarets du coin, où le soutien de leurs partisans respectifs s'exprimait par un échange de horions. Celle des chiens enfin, qu'on s'efforçait de mélanger au rendez-vous, pour le spectacle, mais qui réglaient leurs comptes à coups de dents et à force de grondements menaçants.

Pour les boutons des deux équipages, toutefois, ces rivalités et ce mélange étaient un piment supplémentaire, et l'on attendait les laisser-courre conjoints avec Mlle Hallali dans une impatience d'autant plus vive que sa beauté, son élégance à cheval et son perçant avaient de quoi terrasser les autres cavalières, et qu'il était toujours plaisant de voir la mine déconfite de celles par qui on avait été dédaigné. Pour sa part, la Reine des Amazones, *l'effrayante Castellblanch*, feignait de ne rien voir, son règne ne pouvant être entaché d'aucune lèse-majesté.

Le départ donnait lieu à un pas de deux subtil, chacun des deux équipages tentant de faire sonner d'abord la fanfare de l'autre, dans une inversion des priorités où l'invitée prétendait déférer au maître des lieux, et le maître des lieux donner la préférence à l'invitée. Il en résultait parfois une intense cacophonie, où chacun des deux équipages entonnait en même temps que son rival la fanfare de ce dernier.

C'était une de ces repousses de chênes serrées, non travaillées par l'homme, où les jeunes arbres commencent à prendre leur élan au-dessus d'un roncier très maillé. Les rapprocheurs des deux meutes, qu'on avait mis au fourré ensemble sous les cris et les sons de trompe des deux piqueux, avaient fait sauter deux cerfs à leur quatrième tête, mussés dans la ronce à peu de distance l'un de l'autre, et à ce point semblables qu'on eût pu les croire jumeaux si la nature l'eût permis. Les deux meutes, mises à la voie des deux animaux, chassèrent d'abord l'accompagné de conserve, puis suivirent chacune son cerf lorsque les deux bêtes se séparèrent.

Le cerf de Mlle Hallali se montra particulièrement vindicatif, au point que certains se demandèrent s'il était vraiment sur ses fins, et si les abois n'avaient pas été hâtés par un incident de parcours. La clairière, creusée d'une sorte de cuvette tapissée de fougères, et entourée d'arbres gigantesques, était facilement accessible aux piétons et aux voitures. Les spectateurs étaient venus nombreux se placer comme sur les gradins d'une arène. Énimie de Villars entonna les premières notes d'un hallali courant, malgré la tradition qui déconseillait aux femmes l'usage de la trompe au prétexte que les efforts exigés par cet instrument étaient défavorables à la conception. Elle n'était pas mariée, et se moquait de ces recommandations auxquelles elle répliquait en citant les noms de messieurs rougeauds pour qui on ne faisait pas tant d'histoires et qu'elle avait vus périr terrassés par un coup de sang alors qu'ils soufflaient dans leur trompe. Le cerf tua trois chiens avant de charger un piéton qui évita de peu les andouillers ensanglantés.

« Vous n'y allez pas ? demanda d'Ercery.

— J'allais vous poser la même question, répliqua Waligny. J'ai deux motifs de laisser faire Falcourt. Ou il se fait massacrer, et je suis vengé de sa coquinerie de Jonzac ; ou il tue l'animal sans être embroché, et je suis flatté d'avoir été filouté par un adversaire de cette trempe. Et vous ? »

Falcourt marche dans la fougère ; sa résolution décroît avec la distance qui le sépare du cerf, mais sa main droite, prolongée par le long couteau, ne tremble pas. Il a étendu le bras gauche, comme un gitan dans un duel au poignard, précaution dérisoire contre les deux cents kilos d'un cerf rudement armé qui charge tête baissée et dont l'encolure s'apprête à donner un effet de bas en haut. Falcourt va, la tête enfoncée dans les épaules, un peu fendu, à la façon d'un escrimeur, pour offrir moins de cible. À quinze mètres, le cerf charge. Un andouiller de massacre manque de peu l'œil et la tempe, mais l'autre, pénétrant en croc de boucher dans la partie molle de la mâchoire inférieure, transperce la langue et sort par la bouche d'où s'échappe un flot de sang. Falcourt est renversé dans la fougère au-dessus de laquelle apparaissent soudain ses bottes qui s'agitent un instant comme les jambes d'un pantin. Certains spectateurs rient avant de comprendre et de crier d'horreur. Le cerf soulève Falcourt avec ses bois, et le porte sur cent pas jusqu'à ce qu'une secousse du trot fasse tomber son fardeau. La foule se précipite vers le corps étendu qu'on emporte sur une civière de fortune faite avec des branches et la tunique du blessé.

« Et vous ? répète Waligny. Qu'attendez-vous ? Falcourt est en train de mourir : le cerf est à vous.

— J'y vais, dit d'Ercery d'une voix mal assurée.

Vous allez voir. » Il descend, dégaine et s'avance vers le cerf sous le regard de Waligny, qui parle à Diamant Noir, le flatte à l'encolure en le poussant vers l'animal d'un éperon retenu. Le cerf est revenu au centre de la clairière où il tient tête aux chiens. À dix pas de l'animal, d'Ercery fait volte-face et s'enfuit à toutes jambes, gêné par les hautes fougères. Le cerf n'a pas bougé ; Waligny fait le tour de la meute à cheval, démonte, laissant en liberté Diamant Noir qui reste sagement sur place, passe silencieusement derrière le cerf immobile, et, l'abordant par le côté gauche, lui enfonce le couteau dans le cœur.

Waligny a fait coup triple. Il est vengé de Falcourt ; il a déshonoré un rival ; il a servi un animal dangereux sous le regard du public.

Il galope grand train pour retrouver l'autre chasse. Il a une demi-heure de retard et doit s'aider des traces laissées par les cavaliers. Il distingue d'abord les pas de trois chevaux, sans doute ceux de Coup-de-Fouet, de Mlle Hallali et d'un bouton de son équipage, apparemment rejoints par d'autres cavaliers qui les perdent, puis les retrouvent pour les perdre à nouveau. Les traces se mêlent par endroits à celles des chiens, visibles dans la boue fraîche qui borde les flaques et les mares. Le jeu se complique d'entrelacs, de retours et de boucles qui dénotent les ruses du cerf, le travail des chiens dans les défauts, et les hésitations des cavaliers. Waligny reconnaît une hutte de charbonnier, près d'un étang. Les pas des chevaux s'y dispersent dans plusieurs directions, mais Waligny est assez familier du lieu pour supputer le parti qu'y a sans doute pris la bête de chasse. Comme un chien en défaut, il décrit autour de l'étang une vaste courbe jusqu'à ce qu'il retrouve les traces d'un seul cheval qui s'éloignent dans la direction du *parti* supposé. *« Si ce n'est pas de la vénerie, c'est déjà la guerre. »* Waligny sourit ; les suppositions se mettent en place ; Diamant Noir reprend le galop, et Waligny entend bientôt dans le lointain les cricris d'une meute sur une voie chaude.

À peine Waligny a-t-il compris qu'il se trouve dans le canton où il a rencontré le *pérégrin des Ardennes* que Diamant Noir s'effondre avec un hennissement de terreur, projetant Waligny dans les branchages.

Un piège.

Un piège à loups, dont les mâchoires se sont fermées sur le canon avant droit de Diamant Noir. Waligny, couvert de sang, se traîne dans les branches, les feuilles mortes et la boue pour atteindre le cheval couché sur le flanc gauche, parcouru de sursauts convulsifs, qui secoue frénétiquement le piège retenu au sol par une chaîne. Au mépris du danger, il a passé son bras autour de l'encolure de Diamant Noir et lui parle, geste qu'il sait absolument vain — c'est d'autre chose que des mots d'un *charmeur* que l'animal a besoin. Le couteau est tombé dans la ronce. Waligny rampe en se déchirant aux épines ; les mains qui fouillent ne sont bientôt plus que deux plaies sous les gants lacérés ; les manches du dolman sont rougies jusqu'aux coudes. Waligny entend la meute qui s'approche, appuyée par les cris de Coup-de-Fouet, au moment où, à force de bras et de genoux, il a réussi à rejoindre Diamant Noir. Il a le couteau dans la main.

« À moi ! crie Waligny. Cheval blessé ! »

Coup-de-Fouet apparaît sous le couvert et juge la situation d'un regard.

« Aide-moi à tuer ce malheureux cheval, dit Waligny, sans émotion apparente.

— Laissez voir, dit Coup-de-Fouet en mettant pied à terre.

— Je crois que je suis pas mal cassé, dit Waligny. Si je le rate…

— Attendez voir, répète Coup-de-Fouet, penché sur Diamant Noir. Vot'cheval, y n'est pas mort.

— C'est bien pour ça qu'il faut le tuer, imbécile.

— J'veux dire… Y a une *éponge* du fer qui est coincée dans la mâchoire du piège, dit Coup-de-Fouet. Ça l'a empêchée de se refermer à fond.

— Il est foutu, réplique Waligny. Le tendon est coupé et l'os atteint.

— À voir, Monsieur », dit Coup-de-Fouet, très poliment.

Puis :

« Si je le sauve, il est à moi ? demande-t-il.

— Je ne t'ai pas appelé pour ça.

— Vous m'avez appelé pour le tuer et pour vous sauver, mais on pourrait p'têt bien faire le contraire.

— Coup-de-Fouet, tu es fou.

— Blague à part, Monsieur, ça se sait en vénerie que je vous aime pas bien. Mais j'aime bien vot'cheval. Alors — si je le sauve, il est à moi ? »

13

« M. de Waligny et M. d'Ercery ne seront pas des nôtres, trop occupés à battre les uhlans, dit le comte. Coup-de-Fouet, qu'est-ce que tu fabriques ici, au lieu d'aller te faire tuer ?

— Monsieur, vous allez être débarrassé. Je suis convoqué demain matin au dépôt de cavalerie. On a réquisitionné Diamant Noir, qui y est arrivé hier. »

Le temps était trop beau et trop chaud pour un jour de chasse. Le soleil faisait briller les trompes d'un éclat insolite ; les rares présents transpiraient sous la redingote avant même d'être montés à cheval ; pouvait-on d'ailleurs appeler chevaux des rebuts dédaignés par la réquisition, accablés d'éparvins et de javarts ? De même pour les hommes : hormis quelques garçons trop jeunes, il ne restait que les vieux et les éclopés.

« Chers amis, j'ai voulu chasser malgré la saison et malgré la guerre. Nous prendrons un grand vieux cerf qui vient de toucher au bois, et que j'ai détourné moi-même ce matin avec la brave Rafale. Rafale a droit à ses invalides ; elle a fait un beau travail de limier. Ce cerf, ce sera autant que les Boches n'auront pas s'ils parviennent jusqu'ici malgré MM. de Waligny et d'Ercery. Il paraît que les uhlans embrochent nos cerfs sur leurs lances pour les rôtir. Vous chasserez et vous prendrez pour la France. »

Les bossus et les cagneux rectifièrent d'instinct la position. Les jeunes garçons, honteux d'être là, firent corps autour de Coup-de-Fouet. C'est alors qu'ils remarquèrent les cordes pendues aux arbres. Ces cordes s'achevaient par autant de nœuds coulants.

Coup-de-Fouet entonna la fanfare du comte avant de monter sur la rosse qu'il avait dénichée pour l'occasion. Cette fanfare n'était pas gaie. La première phrase, lente et solennelle, éclata sous le feuillage avec des accents de marche funèbre. Coup-de-Fouet en rajouta dans la mélancolie propre à la musique de vénerie. Le radoux fut sonné comme si toute la douleur du monde, celle des chiens et des enfants perdus, celle des familles en noir, s'y était donné rendez-vous. Mais la reprise fut un chant de gloire.

Rafale était de confiance. Elle n'avait pas senti l'animal sortant de l'enceinte, et il y était en effet resté, se livrant seul lors d'une superbe attaque de meute à mort saluée par les cris et les trompes.

Des péripéties dignes d'une chasse de Saint-Hubert se succédèrent. Il y eut gros change sur un sanglier dont l'odeur fauve, accentuée par la sueur de la saison, sembla ensorceler la meute au point de ne plus la lâcher. On entendit une furieuse altercation entre

Coup-de-Fouet et Me Mauvoisin, avoué, riche propriétaire et veneur chevronné, qu'il n'aimait pas. Me Mauvoisin jugeait à tort que le cerf de meute était passé au même endroit que le sanglier : d'après lui, donc, les chiens ne chassaient pas change. On vit Coup-de-Fouet mettre pied à terre, s'approcher du malheureux Mauvoisin les poings serrés et l'air menaçant, saisir avec la flotte de son fouet le chien de tête responsable de l'erreur et le battre sauvagement avec le manche en lui mettant le nez à terre sur la fausse voie. « Ah ! Raleigh, chien de foutre, tiens donc ! T'aimes le sanglier ? Tiens ! ça sent bon, le sanglier ? Tiens encore, saleté d'Anglais ! »

Raleigh avait été donné à l'équipage par le duc de Somerset. Coup-de-Fouet, qui avait ses relations avec la vénerie de Bretagne, et allait y chercher du sang neuf pour la meute, n'aimait pas les cadeaux de Somerset ; n'aimait pas les Anglais ; n'aimait pas Me Mauvoisin ; n'aimait personne ; sauf peut-être…

Il y eut ensuite une chasse de plaine en grand forlongé ; la meute, difficilement remise sur le droit après avoir fait change sur la voie puissante du sanglier, s'était déprise du sentiment plus ténu du cerf et, de ce fait, chassait froidement en se laissant distancer. C'est alors que put se déployer tout le talent de Coup-de-Fouet — d'aucuns parlaient de génie, d'autres, dans des discussions enragées, réservant ce mot à l'art militaire — l'art tout court, l'art sans qualificatif était peu connu ou peu apprécié de ces rudes chasseurs. Talent ou génie, Coup-de-Fouet se surpassa. Il devint l'un de ses chiens. Il releva tout seul les défauts d'un forlongé de cinq kilomètres. Genoux à terre, il déchiffra des volcelests presque invisibles dans la feuille morte desséchée par l'été ; il lut les bords des mares, scruta le sol souple entre les andains de la moisson, où le pied marque à peine, les abattures laissés dans les fougères et les ronces par l'animal en fuite ; il prit sa meute à bras le corps, pour la remettre sur le bon chemin avec des mots violents ou cajoleurs : « P'tits valets, ça sent bon ; là il passe, mes beaux ! Pas là, vilains mâtins, pas là !... »

Investi par la clameur des chiens, l'animal prit l'eau dans une lumière dorée de soleil tombant. En observant son port, et la vigueur de sa nage, les veneurs d'expérience comprirent qu'il n'était pas sur ses fins — les rustauds disaient qu'« il n'était pas cuit ». Le cerf avait pu se refaire grâce au forlongé qui lui avait laissé de longs répits. Il ne resta dans l'étang que le temps de la fanfare du bat-l'eau accompagnant cette circonstance.

Les chiens n'en voulaient plus. Épuisés, mourant de soif, il leur fallut les encouragements et les menaces de Coup-de-Fouet pour trouver le courage de poursuivre. Il les laissa boire l'eau croupie ou boueuse des ornières ; le moment n'était plus aux prudences ménagères de leur santé. C'était la guerre : il fallait vaincre.

Soudain, dans la plaine tremblante de chaleur, derrière un boqueteau isolé, à côté d'une ferme, les abois retentirent. L'animal s'efforçait de porter beau, la tête haute, sans souffler ni tirer la langue, pour tromper et décourager les chiens. Mais il ne fuyait plus, se bornant à quelques foulées de çà, de là, chargeant les chiens, sautant dans le potager et la basse-cour, et bientôt acculé devant une grange. C'est alors que sortirent un paysan armé d'un fusil, et sa femme munie d'une fourche.

« Moi vivant, dit l'homme, vous ne piquerez pas ce cerf chez moi. »

Le comte et Coup-de-Fouet descendirent de cheval pour parlementer.

« Mon maître, dit le comte, je regrette que cette chasse se termine chez vous. Mais il faut en finir, sans quoi mon cerf va tout démolir.

— Vot'cerf ! Vous allez p'têt bien me rompre vos chiens et "vot'cerf", comme vous dites, qui est au bout de mon fusil, y sera bien à rôtir dans ma cheminée. » Il pointa son arme vers l'animal.

« Je vous le donne volontiers, mais laissez-moi le servir et faire curée dans votre cour. Mes chiens ont bien travaillé, ils méritent récompense.

— Travaillé ? Qu'est-ce que vous connaissez du travail, vous et vos chiens ? Et vot'larbin, là » — L'homme désigna Coup-de-Fouet — « Il en a-t-i jamais secoué une, de vrai travail ? »

Le comte prit Coup-de-Fouet par le bras pour le retenir.

« Si tu fais un pas, feignant, je t'allonge, dit l'homme en visant Coup-de-Fouet. Et d'ailleurs, qu'est-ce que tu fous là ? Mon fils est à la guerre, pendant que tu t'amuses avec tes chiens ! »

La femme s'approcha, la fourche en avant. « C'est vrai, not'Paulo qu'est dans la mitraille, rien à bouffer que d'la poussière, les Boches partout ! Son ami Jeanjean qu'a été tué à côté d'lui ! Sa fiancée qui pleure tout le temps !

— Oh, la mère, dit Coup-de-Fouet. J'te promets d'être mort avant ton fils. Parole. Mais laisse-moi mon cerf.

— J'prends un acompte sur ta promesse, dit l'homme en appuyant le canon sur la poitrine de Coup-de-Fouet. Vaut mieux tenir un mort que courir après un vivant. Parole.

— Tire dans le dos, dit Coup-de-Fouet. Ça intéressera les gendarmes. » Il se retourna et fit quelques pas. L'autre baissa son arme. L'arabesque de la flotte du fouet alla chercher son poignet. Le fusil tomba, aussitôt ramassé par le comte.

« Maintenant, on cause.

— Vous allez pas m'tuer, Monsieur le Comte ? » Le renversement de situation remettait du « Comte » dans l'air. « Avec mon fils qu'est à la guerre…

— Mon piqueux s'occupera de la ferme s'il est aussi planqué que tu dis.

— Ah ! mais y a pas qu'la ferme, Monsieur le Comte. Y a la mère-là.

— Personne ne fera de mal à la mère-là. Mon piqueux n'est pas marié. Il peut la prendre de seconde main. »

La mère-là gémit.

« Elle n'a pas beaucoup de dents, mais mon piqueux n'en a pas davantage. Il peut faire avec. N'est-ce pas, Coup-de-Fouet ?

— Elle s'arrête où, ta ferme ?
— À la route », dit l'homme.

Le piqueux fouailla pour rompre les chiens qui aboyaient leur cerf : « Arrière ! Arrière-là ! »

Puis il fouetta le cerf qui franchit la route. Les chiens suivirent et reprirent les abois.

« Tu n'as plus rien à dire, compère, dit Coup-de-Fouet. La chasse n'est plus chez toi. » Il sonna l'hallali.

« Monsieur, on fait durer un peu le plaisir ? Rien ne presse. » Le ciel était rouge à l'ouest. La trompe se mêlait au chant profond des abois. « C'est bon pour les chiens qu'ils sentent longtemps l'animal, ça leur donne du nez.

— Ce soir, ça n'a plus d'importance, Coup-de-Fouet.

— Ah ! dit le piqueux. Pour nous deux, alors. Pour l'œil et l'oreille. » Il reprit la fanfare de l'hallali.

Dans le soir tombant, le temps s'était mis à l'orage. De gros taons vrombissaient en nuée autour des chevaux couverts d'écume. Il y avait du grondement dans les lointains.

Parmi ceux qu'on appelait « les hommes » (peut-être parce que les autres n'étaient pas considérés comme tels), cochers, lads, piqueux, valets de chiens et d'écurie, seuls étaient présents les vieux à qui leur âge avait épargné la mobilisation. Ils s'étaient organisés par équipes de deux, sous la conduite de Coup-de-Fouet, pâle et silencieux. Ceux qui portaient le bouton, et qu'on appelait parfois « les maîtres » bien qu'ils ne maîtrisassent rien, rassemblés autour du comte, affamés, titubant de fatigue dans leurs grandes bottes de vénerie et passant sur place d'un pied à l'autre, échangeaient à mi-voix des potins de guerre.

Chacun se demandait quel cérémonial restait à accomplir. On savait que l'animal avait été pris par le comte et le piqueux seuls, loin en plaine, à deux lieues de la forêt, et qu'il avait été fait curée sur place. La chasse était finie. Pourquoi faisait-on le pied de grue ?

« Rhadamante ! Reichshoffen ! Ruffian ! Rafale ! » s'écria Coup-de-Fouet en apercevant sur la route quatre chiens qui clopinaient vers lui dans la pénombre. « Ici, mes beaux ! Qu'est-ce qui t'est arrivé, ma Rafale, à boiter comme ça ? » Il prit la jambe de Rafale. « On t'a marché dessus, ma fille ? » Il fouilla le pied ensanglanté. La chienne glapit. Le piqueux se tourna vers le comte. « Monsieur », dit-il, montrant du doigt les cavaliers en tenue, « demandez à ces messieurs d'éviter de faire de la bouillie de chiens en laissant leurs chevaux marcher dessus. Voilà cette pauvre Rafale éclopée pour la vie. Ça sera encore un coup de ce bon Me Mauvoisin, avec sa jument qu'il ne sait pas freiner. » Il désigna d'un poing furieux le présumé coupable.

« Tais-toi, Coup-de-Fouet, ça n'a plus d'importance.

— Me Mauvoisin se laisse emmener par sa jument quand il est derrière les chiens. D'ailleurs, pourquoi n'est-elle pas réquisitionnée ? Il ne sera content que quand il aura massacré toute la meute.

— Je vous assure…, protesta Me Mauvoisin.

— Monsieur, après les avoir écrasés, vous les passez au chinois ? Qui vous a permis d'être au cul des chiens alors que vous en estropiez un par chasse avec votre damnée jument ?

— Coup-de-Fouet, dit le comte, tout ça n'a plus de sens. Calme-toi.

— Vous vous croyez peut-être utile ? Jamais un bon renseignement ! Dès qu'un cavalier appuie sur un change on peut être sûr que c'est vous ! Jamais à la mort, sauf à celle d'un chien !

— Assez, piqueux, dit le comte. Tu sors de ta condition.

— Monsieur, s'écria soudain Coup-de-Fouet en s'agenouillant devant le comte à l'ébahissement général. Laissez-moi Rafale, je vous en supplie. » Rafale vint lécher la joue du piqueux.

Alors ils s'y mirent. Sur un geste du comte, ceux qu'on appelait *les hommes* saisirent les chiens avec des couples, des colliers, des cordes, du fil à gerbes, qu'ils leur passèrent autour du cou. Les chiens qu'un instinct avait prévenus, et qui résistaient, furent pris au moyen des grandes flottes de fouet utilisées comme laisses ; on les traîna avec les manches ; ils s'étranglaient en renâclant.

Les hommes prirent dans leurs bras, comme on porte des enfants, les cent dix chiens, y compris les lices pleines, les chiots, les blessés et les malades, et les pendirent aux nœuds coulants qui tombaient des branches basses ; les chiens s'agitèrent un moment en secouant les branches. Les cordes étaient parcourues d'ondulations rythmiques. Lorsque leurs bonds relâchaient le nœud coulant, les chiens laissaient échapper des glapissements étranglés qui retentissaient sous la feuillée. Certains des exécuteurs tirèrent par saccades l'arrière-train des chiens pour abréger leur supplice, qui n'épargna pas Rafale.

« Le temps est à l'orage, dit Mᵉ Mauvoisin en s'épongeant le front.

— Ce n'est pas l'orage, dit le comte. C'est le canon. »

SON ÉPÉE DE PHILIPPES

Then put my tires and mantles on him whilst
I wore his sword Philippan.

1

William d'Ercery, sous-lieutenant, 3e hussards. La lance pénétra dans la cuisse au-dessus du genou. Elle passa sous le muscle vaste externe, perfora le droit antérieur, lacéra le couturier, atteignit le fémur contre lequel la pointe se brisa. La lame, avec sa douille et son pontet, resta fichée dans l'os, tandis que la hampe de bambou, barbelée d'éclats et de fibres arrachées, poursuivait son chemin dans la cuisse avant de désarçonner le cavalier, déchirant au passage le muscle crural et déchiquetant l'artère et la veine fémorales.

Jérôme Hardouin, dit Coup-de-Fouet, dit aussi Sosthène, sobriquet qu'il n'aime pas, maréchal des logis, 3e hussards ; en temps de paix, premier piqueux dans un équipage de grande vénerie.

Jérôme Hardouin s'est débrouillé pour emporter au combat sa trompe de chasse, instrument qu'il chérit et dont il sonne avec talent : il a demandé l'accord de son chef de peloton, le lieutenant de Waligny, qui l'a refusé. Il a fait appel de cette décision auprès du capitaine, qui a accepté sans bien mesurer les conséquences, à la condition que Jérôme s'abstienne de porter l'instrument à cheval. Jérôme a soudoyé le maréchal des logis responsable des fourgons de l'escadron ; c'est un pays : un coup de gnôle a suffi ; la trompe voyage dans un fourgon. Jérôme peut donc la retrouver au cantonnement, pour autant que l'escadron reste groupé. Ce n'avait pas été le cas lors de la bataille de Charleroi, où la Ve armée à laquelle appartenait le 3e hussards s'était fait massacrer en combattant vainement pour interdire aux Allemands le passage de la Sambre. La cavalerie fuyait la dernière. Elle avait vu défiler dans la poussière des légions de fantômes hébétés de fatigue, encombrées de milliers de blessés, qui la dépassaient en la maudissant. C'est qu'elle n'avait pas su garantir l'infanterie contre les canons et les mitrailleuses, enserrer l'ennemi dans un réseau d'embuscades, porter dans ses lignes les raids de reconnaissance d'où viendraient les renseignements sauveurs, jouer partout son rôle de frelons mortels. C'est pourtant ce qu'on avait promis aux fantassins. Cuirassiers, dragons, chasseurs, hussards devaient protéger la pauvre chair humaine par leurs virevoltes et leur harcèlement. Promis. Mais ce qui restait de chair humaine n'arrêtait de reculer que pour creuser des trous qui ne l'abritaient pas.

Les survivants de l'escadron bivouaquent à Signy-l'Abbaye, à cent quinze kilomètres au sud de Charleroi parcourus en deux jours d'une fuite épuisante qui met la troupe à bonne distance de l'avance ennemie. On espère ainsi pouvoir se refaire.

Les officiers dormiront à la Vénerie, distante de deux kilomètres, les hommes dans le village où ils établissent le cantonnement. Les chanceux et les habiles ont investi l'église, la mairie et l'école ; les sous-officiers accaparent les maisons désertées ; la troupe couchera comme elle peut sur la place, à la fortune des étoiles. Les chevaux ont été parqués dans les pâtures, les jardins et les granges, attachés à des cordes tendues entre de hauts piquets ; on ne les desselle pas de crainte d'arracher la peau macérée dans la sueur, pourrie de pus et décollée par les vers.

Jérôme se dirige vers les fourgons et tend à son « pays » le maréchal des logis sa gourde de goutte en réclamant sa trompe.

Le son de la trompe, puissant et désolé, monte dans la nuit. Il chante la forêt française, les layons que cache la ronce où les chiens passent à grand-peine, les fontaines noires sous la lune où la bête vient boire avant l'hallali, les allées bordées de chênes qui font une voûte sous laquelle le vol des oiseaux de proie précède le galop des chevaux, les guérets où se rasent les animaux pour échapper à la meute, les étangs aux roseaux peuplés de sauvagine que vient troubler la nage du cerf aux abois ; les retours à la maison dans la brume du soir, le pas solitaire du cheval et sa frayeur à l'éclat des yeux fauves qui l'observent dans l'ombre ; les nattes blondes au coin du feu.

Jérôme sonne, et la tristesse de la musique attire autour de lui les cavaliers qu'elle a réveillés malgré la fatigue. Ils sont là, de plus en plus nombreux, une petite foule qui laisse instinctivement autour de Jérôme un vide où peut se déployer son souffle, muette sauf pour en redemander lorsqu'il s'interrompt : « Fais-nous-en une autre, Sosthène !

— Crache encore dans ta trompinette !

— Fais-nous les *Adieux au bois de Waligny.* »

Jérôme Hardouin, dit Coup-de-Fouet, dit aussi Sosthène, s'exécute de bon cœur : il aime bien faire pleurer. Surtout son copain Damien Raufact.

Waligny est venu inspecter le cantonnement du peloton avant d'aller se coucher. Alors qu'il vérifiait la garde, et manquait intentionnellement de se faire tuer par une sentinelle, il a entendu la trompe.

« Coup-de-Fouet, pas de trompe.

— Pourquoi, Monsieur ? » Il n'a jamais pu se résoudre à l'appeler « Mon lieutenant ». « Les Prussiens sont encore loin.

— *Encore* loin, défaitiste ! Il ne s'agit pas des Prussiens.

— Alors, pourquoi, Monsieur de Waligny ?

— Tu demandes le motif d'un ordre ? Où as-tu appris ça ?

— Monsieur le Vicomte… !

— Pas chez moi, en tout cas. Pas au peloton. Au dépôt, peut-être ? Avec des officiers en pantoufles ? C'est la guerre, Coup-de-Fouet !

— Mais, Monsieur… !

— On ne discute pas un ordre, Maréchal des Logis ; on en a fusillé pour moins que ça. Mais comme tu es brave soldat, je vais quand même t'expliquer.

— On en a fusillé pour moins que ça, dit Jérôme Hardouin.

— Tu me dénoncerais, Margis ?

— C'était pour rire.

— J'avais compris, imbécile, dit Waligny en lui tirant la moustache. Voilà. Tu leur donnes le mal du pays. C'est mauvais pour le moral.

— Y m'ont pas attendu, dit Jérôme. Y en a qui pleurent dans leur barda. Tous les soirs.

— Tous les soirs ?

— Tous les soirs. Y z'ont vingt ans.

— Et la guerre ? Les Prussiens ? Berlin ?

— Berlin ! Vous voulez dire Château-Thierry, p'têt'?

— Margis, pour ta santé, je ne t'ai pas entendu.

— C'est rien que la vérité, pourtant.

— On en a fusillé pour moins que ça, dit Waligny. Pas de trompe, compris ? » Et il tourne les talons.

Jérôme Hardouin confie de nouveau la trompe de chasse à son « pays », le maréchal des logis chargé des fourgons, après avoir soigneusement rangé l'instrument dans son bel étui de cuir garni de velours rouge, dont il a vérifié les capitons, les cales, et la fermeture. « Mon compagnon », dit-il au maréchal des logis, son « pays », « prends-en bien soin. C'est comme ma mère. Ma mère — tu lui donneras la trompe s'il m'arrive quelque chose. »

Damien Raufact, cavalier de 2e classe, 3e hussards ; en temps de paix, garde forestier, valet de chiens bénévole dans l'équipage de grande vénerie où Coup-de-Fouet sert comme piqueux.

Damien rend visite à son cheval dans l'écurie de fortune aménagée derrière un bûcher, près de l'église. Le brigadier de garde aux chevaux, qui le connaît, l'a laissé passer sans mot dire. Un homme dort dans la paille. Damien le réveille d'une bourrade.

« Pourquoi tu m'réveilles, clampin ? dit l'homme en grommelant.

— Je veux parler à mon cheval.

— Eh bien, parle à ton cheval, frelampier !

— Je veux parler à mon cheval, seul.

— Ton cheval, là, il est seul dans son coin. Parle-z-y, Dieu de foutre !

— Tête de bouc, je veux parler à mon cheval en étant seul avec lui. Va-t'en.

— Complètement louf, ce gars », marmonne l'homme en s'éloignant.

Le cheval, un grand bai de race indécise, porte le nom de Platon. Damien l'appelle familièrement Tonton. Ce soir-là, il renonce à ce surnom dont se moquent ses camarades qui, sans qu'on sache pourquoi, le jugent « fillasse ».

« Mon Platon, mon bonhomme, lui dit Damien en lui caressant l'encolure et la ganache. Mon Platon », dit-il encore en passant la main sous la selle qu'il a seulement desserrée, à quoi le cheval répond par un affaissement de douleur. « T'es pas bien ? Ton maître, il est pas bien non plus. » Il lui tend un biscuit que le cheval refuse. « C'est tout ce que j'ai pour toi, mon pauvre Platon. Pourtant tu m'as bien sauvé, des fois. Adieu. »

Damien marche un moment parmi ses camarades endormis. Puis, une couverture roulée sous le bras, il s'en va dans la nuit du village, en veillant à ne pas alerter les sentinelles. Il tourne dans une venelle déserte et sombre, où ne parvient aucun bruit de la troupe cantonnée. La venelle est une impasse fermée par un muret de pierres disjointes. Damien déroule la couverture dans laquelle il a caché une baïonnette allemande trouvée sur le champ de bataille. Les mains protégées par ses gants de cavalerie, il force la douille de la baïonnette entre les pierres, de sorte que la lame se dresse verticalement hors du muret. Puis il se jette dessus.

2

C'était jour de flanelle blanche. Le château de Chailvet-Lupicin, baigné du rayon jaune de l'arrière-saison, fêtait le lieutenant de Waligny arrivé en voisin du camp de Sissonne, où son régiment tentait de se refaire avec les débris du 14ᵉ hussards massacré en Belgique entre Ethe et Gamery. Mlle Hallali avait organisé un tournoi de tennis ; Waligny disputait le troisième tour des doubles mixtes. Sa partenaire, *l'effrayante Castellblanch*, canonnait ses vis-à-vis en faisant tournoyer sa jupe et sa crinière.

Match gagné, Waligny et l'effrayante se dirigèrent le long du lac vers la charmille dont l'ombre les attendait pour le thé. La charmille était plantée de tilleuls, mais on l'appelait « la charmille ». Tout respirait la paix et l'oubli du carnage.

« Ce n'est pas ce qu'on dit », murmura-t-elle, en tournant vers Waligny son regard de glace bleue. « J'ai été accueillir un train de blessés. On les a passés au hachoir.

— Ce n'est pas un spectacle pour dames, dit Waligny.

— Vous n'imaginez pas… » Elle se reprit : « Je n'imaginais pas…

— À la guerre, il faut mettre l'imagination en congé.

— … les mâchoires arrachées, les articulations dans le mauvais sens, la boue dans les pansements, l'odeur ! » Elle étrangla un haut-le-cœur.

« Je vous ai connue moins sensible.

— Nous avons organisé un dispensaire dans la gare, dit-elle. J'ai fait de mon mieux : je n'ai pas la force.

— Vous, pas la force ! dit Waligny.

— J'y ai passé trois jours et trois nuits, à faire des pansements avec de vieux draps. À changer des pansements faits avec des bouts de capote, de la toile de tente… À mettre des pansements où il n'y en avait pas ! Tout ce sang, ces morceaux d'intestins sur les brancards, c'était trop : j'ai déserté.

— On en a fusillé pour moins que ça, dit Waligny en riant.

— Lieutenant !

— Mademoiselle, la guerre est une question de quantité de viande. Imaginez deux abattoirs rivaux dont chacun s'acharne à abattre le bétail de l'autre. Celui qui en abattra le plus aura gagné. Avec les Prussiens occupés à équarrir les Russes en Mazurie, nous avons ici l'avantage du poids de viande. Je vois que je vous ennuie avec ma stratégie.

— Mais vous, là-dedans, la cavalerie ?

— Moi ? Je protège nos tueurs en harcelant ceux d'en face.

— Mais l'artillerie, les mitrailleuses — contre des chevaux ?

— Comme vous êtes au courant ! Il nous arrive, à nous aussi, de passer au hachoir. Ce n'est pas de jeu : ces Prussiens sont sans honneur. Nous ne devrions être tués que par les uhlans. C'est ce qui est arrivé à d'Ercery.

— M. d'Ercery est mort !

— Il est mort en brave. Il a racheté la honte de s'être dégonflé devant un cerf vindicatif. Tout va bien.

— Tout va bien !

— Tout va bien. Là où il est, il peut regarder avec fierté ce qui reste du corps qu'il avait sauvegardé en fuyant.

— Monsieur de Waligny, je n'ai plus rien à vous dire.

— Vraiment ? Alors que nous allions passer aux choses sérieuses ?

— Je ne vous aime pas, Lieutenant.

— Il ne s'agit pas de m'aimer, mais d'être à moi. C'est plus facile, et de moins de conséquence. Un mot de vous, et tout est dit.

— Mon mot est "non".

— À propos, votre ami Coup-de-Fouet, votre "vilain", comme vous dites, est sous mes ordres. Dans mon peloton. Il est arrivé il y a une quinzaine, frais émoulu du dépôt. On se retrouve entre veneurs : c'est charmant.

— Charmant !

— Je ne comprends pas pourquoi ils me l'ont envoyé si tard, après la compagnie d'instruction. Il sait tout de la guerre sans avoir jamais appris.

— Vous êtes jaloux ?

— Qui ne le serait ? Il m'a pris Diamant Noir à la suite d'un pari. Vous vous rappelez Diamant Noir ?

— Le fou furieux.

— La mitraille l'a un peu calmé. Il danse entre les trous d'obus.

— Vous vous moquez, Lieutenant. On n'est pas jaloux d'un cheval.

— On voit que vous n'avez jamais monté Diamant Noir. »

Ils arrivèrent sous l'ombre des charmes qui étaient des tilleuls. Le maître d'hôtel s'approcha d'eux. Ils se turent.

« Mademoiselle, Monsieur le Vicomte, Darjeeling, Ceylan, Souchong ? » Il prononçait « Souchon », sans le « g » exotique, comme un nom de fermier du voisinage.

Un domestique en gilet rayé de jaune et de noir leur présenta un plateau où tintinnabulaient l'argenterie et la porcelaine.

Mlle Hallali, jonchée dans une chaise longue en rotin blanc, tenta une interception. « Lieutenant, venez ici me raconter votre guerre. Vous devez y être très brillant.

— Ne parlons pas de moi, dit Waligny. Nous traversons une mauvaise passe, mais nous les aurons.

— Dites-moi, Lieutenant, vous n'allez pas les laisser venir jusqu'ici ? Ces gros Boches ? On dit qu'ils font leurs besoins dans les tiroirs. »

Elle se cacha les yeux dans les mains.

L'effrayante contre-attaqua. « M. de Waligny se fera tuer pour vous épargner ça, dit-elle. Laissez-le-moi : mes moments avec lui sont comptés. »

Elle prit Waligny par le bras et l'entraîna vers la queue du lac. Les hirondelles chassaient en effleurant la surface de l'eau entre les nénuphars.

« Alors, Lieutenant, vous êtes jaloux des capacités militaires de Jérôme — je veux dire de Coup-de-Fouet ?

— Je suis peu disposé à vanter ses mérites, mais cet homme a le génie du combat. Le coup d'œil, le sang-froid, l'esprit de décision — tout ce qui faisait sa valeur à la chasse se trouve là au centuple. S'il avait été à la place de d'Ercery, il aurait tué au lieu d'être tué.

— Il est insupportable, n'est-ce pas ? dit l'effrayante.

— Tout à fait insupportable. Voilà pourquoi je vous fais une proposition des plus honnêtes. J'aurais scrupule à salir une femme qui serait ma femme en répandant dans le monde qu'elle n'a pas été aussi cruelle qu'elle aurait dû avec un homme des bois…

— Lieutenant !

— Un homme de chenil.

— Monsieur de Waligny !

— Un rustaud qui n'a plus de dents. On m'éviterait d'avoir la tentation d'arrondir l'anecdote en parlant d'un enfant à naître : vous me voyez faisant croire que j'endosse un bâtard ?

— Qui vous dit que ce n'est pas le cas ? dit-elle.

— Un motif de plus pour vous. Au reste, je vous promets d'être tué dans les six mois. On doit pouvoir mettre ça dans le contrat. J'en parle à mon notaire.

— Retournons auprès de Mlle de Villars, voulez-vous bien ? dit l'effrayante. Vous lui plaisez.

— Vous ferez une veuve magnifique », dit Waligny.

3

On est « de raid » pour la contre-offensive après la fuite à marches forcées vers Paris. L'ordre est venu de faire demi-tour et d'aller passer l'Ourcq à La Ferté-Milon en direction de l'est afin, suivant les mots du commandement, de prendre l'ennemi à revers et de lui « infliger dans le dos un coup violent et imprévu ».

Ce qui n'est pas prévu, c'est l'état de la cavalerie : pas de nourriture pour les chevaux depuis trois jours ; aucun moyen de transmission compatible avec la vitesse nécessaire à l'action ; la faim, la soif et la fatigue qui terrassent les hommes au point de les coucher sur leur selle. Les villageois qui les regardent passer du porche de leurs maisons en ruine ne reconnaissent pas l'armée française dans cette horde de fantômes vivants, gamins à l'air de vieillards, aux yeux hantés et aux uniformes en loques. La cavalerie a chèrement payé la note de l'offensive à tout prix.

Rien ne détourne pourtant Waligny de sa méthode, où la discipline s'obtient par la férocité et où la compassion affleure à peine sous le calcul. L'accroissement des responsabilités a encore raidi ses façons :

c'est maintenant un demi-escadron, deux pelotons, qu'il commande depuis la mort de son camarade Gerboise, tué en chargeant bêtement sur un pont que les sapeurs français avaient fait sauter sans avoir la politesse de prévenir. Son cheval et lui, suivis d'une dizaine de hussards qui n'avaient pu s'arrêter à temps, s'étaient écrasés au pied d'un contrebas de vingt mètres, sans qu'un coup de feu ait été tiré par les Bavarois qui tenaient l'autre rive, et dont Waligny avait admiré tout haut l'esprit d'économie en matière de munitions. « La mort sans la gloire, misère de l'officier », avait-il ajouté en guise d'oraison funèbre.

Malgré la fatigue, la poussière et la crasse, les hussards ont gardé le souvenir de l'accueil des femmes belges dans l'ivresse des premiers jours d'offensive. Elles leur tendaient des fruits et des tartines. Les plus âgées avaient dressé devant leurs maisons des buffets surmontés de montagnes de victuailles. Une sœur visiteuse du Perpétuel Secours avait avidement suivi Waligny des yeux avant de lui offrir sa bouche en sautant auprès de son cheval pour l'atteindre. Elle sentait la brioche et la fraise, et ne pesait pas plus lourd qu'une meringue. Ces douceurs s'étaient prolongées quelque temps après la ruine de la cavalerie, à moitié détruite par l'abus d'étapes interminables conduites sans égard pour les chevaux. Elles avaient survécu aux premiers échecs de l'offensive, alors que la troupe commençait à redouter les ordres d'attaque. Certains officiers avaient compris la fin du sport et salué d'un rire amer une fenêtre illuminée d'où s'échappait la voix d'une jeune fille qui chantait *La Marseillaise* en s'accompagnant d'un piano.

« Hussards, dit Waligny lors de l'inspection de cantonnement, malgré votre courage, j'ai honte de vous. Rappelez-vous la Belgique et ses femmes. Vous traversez maintenant des villages français. Les femmes venues vous acclamer s'enfuient dégoûtées. Vous êtes sales, vous sentez mauvais. Vos chevaux sont à faire peur. Vous avez croisé des cavaliers britanniques. Leur allure est votre condamnation, et leur mépris votre châtiment. Revue de détails à six heures. Permissions supprimées pendant six mois pour les cochons. »

À la nuit, l'escadron utilisera le couvert de la grande forêt que Waligny connaît bien pour y avoir souvent chassé. Il y est entré au carrefour Cailleux, entre Crépy-en-Valois et le bois de Tillet. Selon les renseignements des reconnaissances, la forêt est saine ; l'ennemi l'a vidée en y laissant tout au plus de faibles postes de retardement, dont le rôle ne serait que de permettre au commandement allemand de dresser la carte des progrès de la contre-offensive française dans ce secteur jugé peu actif. Mais la méfiance est la règle du combat avec l'arrière-garde ennemie : combien de fois celle-ci n'a-t-elle pas feint de se replier, pour tailler en pièces les poursuivants abusés ? Au surplus, les éclaireurs sont souvent inexacts, quand même ils n'inventent pas pour se faire valoir, assurés qu'ils sont de n'être jamais démentis. Waligny, en tête avec Coup-de-Fouet, dont il a fait son second au mépris du règlement, choisit avec son aide les chemins les plus obscurs, les layons secrets, les passages fourrés. Les animaux qui bondissent dans l'ombre terrifient les chevaux et surprennent les cavaliers. On épie les bruits de la forêt en essayant d'y deviner le faux cri de la chouette qui trahirait le guetteur ennemi et l'imminence d'une embuscade. Sans en avoir l'ordre, les hommes gardent un silence absolu, vainement anxieux du bruit des pas, du cliquetis des harnachements et des armes, de l'étincelle des fers contre les pierres. On tance d'un geste les imprudents qui allument leur pipe. Dans les passages découverts, on s'inquiète du reflet des aciers, de l'éclat du cuir verni des calots et des visières des shakos, du bleu ciel des tuniques et du blanc des boutons. On est loin de la fanfaronnade des hussards fiers d'être aussi voyants, et des moqueries destinées au bleu-noir des dragons accusés d'être déguisés en croque-morts. Soudain un fracas de bois cassé réveille les assoupis et fait sursauter les poltrons. Un murmure aussitôt réprimé parcourt la colonne : « Qu'est-ce que c'est ? Qu'est-ce que c'est ? » En arrivant par la laie des Auvergnats à la lisière de la clairière de Boursonne qu'envahissent les cris du brame, les moins avertis comprennent qu'il s'agit d'un combat de cerfs. Sous la lune qui inonde la clairière, deux formidables vieux cerfs s'entretuent pour la possession d'une harde de jeunes biches. L'un des cerfs en est au dernier sang ; son intestin perforé laisse pendre un ruban de tripaille, tandis que les biches indifférentes paissent tranquillement à quelques pas du carnage.

« Beaux grands dix-cors, murmure Coup-de-Fouet. Faut-y que ça les travaille pour être aussi en avance !

— Tais-toi », dit Waligny.

4

Bons-Glands, Laie du Cloître, Fosse-aux-Eaux, Mortefert, aucun de ces lieux qui n'évoque une circonstance cocasse ou poignante, change, défaut, chute au dévers d'un talus, relancer près d'une mare, hallali au pied d'un chêne. La chasse était la guerre des paysans en blouse et des maîtres en habit rouge ; la guerre est la chasse des hussards. Du bout de la laie du Poirier-d'Oignon, en lisière de la forêt, jusqu'aux boqueteaux de Précy-à-Mont, faubourg de La Ferté-Milon situé au nord de l'Ourcq, ce sont mille cinq cents mètres de plaine à découvert, sous la lune, à la merci d'une arrière-garde ennemie aux aguets dans les chemins creux, dans des trous d'obus ou des restes de tranchées. Les éclaireurs de la veille semblaient donner ce plateau sans ennemis, mais ils ont été aussi dubitatifs que des valets de limier au rapport avant la chasse. C'en est presque à envier les fantassins qui rampent en utilisant le relief. La cavalerie, voyante, bruyante, qui ne rampe pas, ne peut en plaine chercher son salut que dans la vitesse qui décuplera son bruit.

Aucun officier en guerre n'aime donner à ses hommes le sentiment d'une hésitation. Le règlement est là : réflexion secrète ; décision claire ; action foudroyante. Mais Waligny, arrêté en tête à la lisière de la forêt, le regard fixé sur la plaine qu'illumine une lune inopportune, demande son avis à Coup-de-Fouet. Une discussion s'engage à voix basse, à l'écart de la troupe. Selon la carte, après un passage entièrement découvert sur la moitié de la distance qui les sépare du boqueteau le plus proche, on trouvera une route en déblai qui descend vers l'Ourcq et La Ferté-Milon. La profondeur du déblai n'est pas indiquée, « mais, dit Waligny, en raison de la différence des cotes, je parie sur trois mètres, suffisants pour nous défiler ».

Coup-de-Fouet propose de jouer la prudence et de reculer vers le sud-ouest jusqu'au Pré du Seigneur, d'où un chemin creux rejoint Précy-à-Mont presque sans discontinuer.

« Tu n'y penses pas ! Avec ce détour tu nous fais arriver au grand jour à La Ferté-Milon !

— Monsieur, si c'est votre décision, laissez-moi galoper à découvert jusqu'au défilement. On verra ce qui arrive. S'il y a du feu, vous rentrez en forêt pour attendre d'y voir plus clair. Avec Diamant Noir, j'en ai pour deux minutes, aller et retour.

— Diamant Noir est trop fatigué pour aller si vite, dit Waligny.

— Diamant Noir n'est jamais fatigué. Vous le connaissez. Il a été à vous, peut-être ?

— D'accord, Coup-de-Fouet, mais tu prends deux cavaliers avec toi.

— Pour faire tuer trois hommes au lieu d'un ? Jamais ! » Et sans attendre la réponse, il sort du bois, fouille la plaine d'un regard, et s'élance au galop.

Absence des ennemis ou bon défilement, les hussards ont franchi sans encombre, au pas, le plateau de Précy-à-Mont. Waligny a organisé l'escadron en une colonne de marche d'un peloton qui traversera au plus court La Ferté-Milon vers le pont sur l'Ourcq, et deux demi-pelotons en flanc-garde qui patrouillent dans les rues avoisinantes de part et d'autre de la colonne de marche. Les maisons sont fermées, sans lumière ni signes de vie : les habitants se claquemurent ou ont fui. Après la voie de chemin de fer, et avant d'atteindre le pont, Waligny remarque une porte entrouverte. « Hardouin, pied à terre avec deux hommes. Fouille cette maison et renseigne-toi. » Tumulte. Cris. Voix allemandes. Coup-de-Fouet et ses hommes sortent derrière un officier et trois soldats ennemis, tenus en respect par les carabines des Français.

L'interrogatoire tourne court faute de langue comprise par les deux parties. Le seul langage que paraît connaître l'officier est celui des mains levées. Waligny insiste : Y a-t-il d'autres Allemands dans la ville ? Pas de réponse. Où, combien ? Silence. Waligny sort son revolver. « *Du bist ein Spion* », dit-il, rassemblant quatre mots appris à Saint-Cyr.

L'autre agite ses mains levées et marmonne d'une voix tremblante : « *Herr Oberleutnant, ich bin ein Offizier.*

— *Spion !* dit Waligny. Si tu ne me dis pas où sont

les Allemands à La Ferté-Milon, et combien, je te tue. »

Coup-de-Fouet s'interpose. « Monsieur, il ne parle pas français. Il s'est rendu. Il est mon prisonnier.

— Hussard, j'ai la responsabilité de cet escadron. Tu comprends ? dit-il en visant Coup-de-Fouet.

— Monsieur, vous n'avez pas le droit…

— Pas le droit ! dit Waligny. Tu vas voir. » Et, tournant à nouveau son arme vers l'officier ennemi : « Pour la dernière fois, où sont tes camarades allemands — *wo sind deine deutsche Kameraden ?* »

Pas un mot. La figure de l'Allemand explose en une bouille rouge qui éclabousse ses gardiens.

Les hussards passeront le pont sans être inquiétés et se trouveront bientôt derrière les lignes ennemies.

5

C'est parmi les hommes le sujet de plaisanteries macabres : la pièce de terre qui s'étend entre Vierzy et le hameau de L'Échelle porte le nom de Chemin des Gâteaux. Solidement tenu par une compagnie d'infanterie ennemie, c'est devenu en quelques jours un charnier où s'entassent les Français qui ont essayé de la déloger. Plus tard, pendant des dizaines d'années, les riches paysans du coin retourneront avec leur charrue les restes décomposés, puis réduits à l'état de squelettes, des soldats sacrifiés pour gagner mille mètres. Les godillots, les képis, les fusils et les cartouchières seront le trésor des enfants de la paix.

Lorsque le 3e hussards, isolé par une manœuvre de repli où il s'est laissé distancer, parvient dans la forêt située au sud-ouest de Vierzy, la réputation du Chemin des Gâteaux s'est répandue parmi les cavaliers.

« Monsieur, dit Coup-de-Fouet à Waligny, qu'est-ce qu'on fait là ? »

Waligny ralentit le pas pour laisser s'éloigner le reste du peloton. Puis :

« Coup-de-Fouet, je peux avoir confiance en toi ?

— On n'est pas amis dans le civil, Monsieur, mais c'est la guerre. Je suis maréchal des logis dans votre peloton.

— Je t'ai vu à l'œuvre, Coup-de-Fouet. Tu vas avoir l'occasion de montrer que tu es un bon soldat et un vrai chef.

— Vous n'allez pas me faire un mauvais coup, au moins ?

— À la guerre, tous les mauvais coups sont bons, dit Waligny. Je n'ai pas besoin de toi pour attaquer un pensionnat de jeunes filles. — Dans trois heures nous serons à Vierzy. »

Puis il explique son plan. Un tunnel de chemin de fer passe sous le Chemin des Gâteaux. Son extrémité sud-ouest est située à Vierzy, près de la gare, dans la vallée qui sépare la colline où s'élève l'église d'une autre où se trouve le château. Puis il parcourt environ mille mètres en légère courbe vers le nord, passe sous les positions allemandes et débouche derrière ces positions dans un ravin boisé.

« Monsieur, à cheval, dans un tunnel ?

— Je connais le tunnel. J'y ai fait des folies autrefois.

— Mais si on charge — les traverses ?

— Charger ! On ne chargera pas. Il s'agit de passer en douceur par le tunnel, cette nuit, de remonter sur le plateau en se défilant sous le couvert du ravin, et d'attaquer l'ennemi à revers. Les Boches sont à trois ou quatre cents mètres de la sortie du tunnel. On peut leur tomber dessus comme la foudre.

— Et après ? dit Coup-de-Fouet.

— On s'engage et on voit, dit Waligny. C'est le règlement. Toute troupe isolée doit attaquer. L'offensive ou la mort.

— L'offensive *et* la mort, dit Coup-de-Fouet.

— Le règlement ordonne l'offensive à tout prix, sans s'occuper de la suite. Tu préfères te rendre ?

— Mon lieutenant », dit Coup-de-Fouet — c'est la première fois qu'il lui donne du « Mon lieutenant » — « pensez aux hommes.

— J'ai décidé. On ne discute pas un ordre. Tu vas en reconnaissance jusqu'à Vierzy avec quatre cavaliers, à bride abattue mais en silence.

— À bride abattue en silence !

— C'est bien ce que j'ai dit. Tu mets la forêt à profit comme tu sais si bien faire. Tu massacres le poste de garde à l'entrée du tunnel — au sabre. S'il y a une grille ou des chevaux de frise, tu casses tout pour que j'aie la voie libre, et tu m'attends. En cas d'impossibilité absolue — je dis bien absolue — tu renvoies un cavalier pour me prévenir.

— Et en cas d'impossibilité absolue, comme vous dites, qu'est-ce que je deviens avec mes hommes ?

— Je ne pense pas à toi, ni à tes hommes. Je pense à la France. Et toi, si tu ne penses pas à la France, pense au conseil de guerre. »

La première partie du plan a été exécutée comme prévu. L'audace et le talent de Coup-de-Fouet ont fait merveille. Par excès de confiance de l'ennemi, ou en raison de ses pertes, l'entrée du tunnel était faiblement gardée. Les trois fantassins allemands qui y étaient postés, surpris au milieu de la nuit, ont été promptement hachés à coups de sabre. Deux heures plus tard, Waligny rejoignait à la tête de ses deux pelotons. La petite troupe s'engagea dans le tunnel.

Coup-de-Fouet marchait au botte à botte avec Waligny.

« Tu vois, dit Waligny, la voie a été arrachée. C'est la chance des Waligny. Tu pourras galoper à ton aise si besoin. »

Soudain, l'attention des deux hommes fut attirée par une tache blafarde qui se découvrait devant eux à mesure qu'ils progressaient dans la courbe de l'ouvrage qui obliquait à gauche vers le nord.

« Halte ! Faites passer !

— Halte. Halte. Halte.

— Coup-de-Fouet, va voir. »

Coup-de-Fouet mit pied à terre, tendit les rênes au cavalier qui marchait derrière lui, et s'avança à tâtons en suivant la paroi.

« Monsieur, c'est une cheminée qui débouche sur le plateau. La lueur qu'on voit, c'est la lune.

— Une cheminée ! J'avais oublié. Cavalier, une allumette. » Waligny regarda sa montre et fit un bref calcul. « Nous ne sommes pas arrivés sous les positions ennemies. Encore trois ou quatre cents mètres. Silence total dès maintenant.

— Silence. Faites passer.

— Silence.

— Silence.

— Silence, avec les chevaux ! dit Coup-de-Fouet à voix basse.

— Tu discutes, Margis ? dit Waligny.

— Qui vous dit qu'il n'y a pas d'autres cheminées ? Il est encore temps de renoncer.

— Vas-tu me forcer à te dire que tu es un lâche ?

— À votre aise, dit Coup-de-Fouet, et il remonta à cheval.

— Nous nous retrouverons après le coup de main.

— La belle affaire ! vous serez mort et moi aussi.

— Nous nettoierons le Chemin des Gâteaux au-dessus de notre tête, nous percerons les lignes ennemies pour retrouver les nôtres, et je te ferai fusiller. »

Il y avait une deuxième cheminée. Les rayons de lune qui tombaient sur les cavaliers firent étinceler l'acier des armes et des harnachements. Les hommes avançaient la tête rentrée dans les épaules, comme si ce geste pouvait atténuer le bruit de leur progression.

C'est sous la troisième cheminée que leur parvinrent des voix allemandes. Rien dans leur ton ne trahissait l'excitation ni l'urgence. Ce n'était donc pas des sentinelles, et on pouvait en conclure que les cavaliers français passaient sans être entendus. Les voix se turent au moment où Coup-de-Fouet aperçut la chose dans la lumière cendrée descendue de la cheminée.

« Mon lieutenant...

— Jérôme Hardouin, dit Waligny entre ses dents, as-tu juré de me faire perdre mon calme ? La voie n'a pas été enlevée jusqu'au bout du tunnel ? La belle affaire ! Fais marcher les hommes sur les bas-côtés. Si quelques-uns tombent, ils se relèveront. »

Ainsi fut fait, jusqu'à l'apparition, à la fin de la courbe décrite par le tunnel, de la lunule argentée qui en marquait la fin. Comme la colonne s'en approchait, Waligny et Coup-de-Fouet en tête, ce qu'ils virent fut dans leurs destins la ligne de partage des eaux.

SERPENT DU VIEUX NIL

« Where's my serpent of old Nile ? »
For so he calls me.

1

À Madame,
Madame la Vicomtesse de Waligny
Par porteur
Remise en main propre

Paris, 1er mars 1922

« Madame,

J'ai longtemps hésité avant de vous écrire, par crainte de commettre une erreur de jugement et peut-être une calomnie. Aujourd'hui encore, je suis incertain de mon fait au point de renoncer à vous l'exposer pour vous laisser le soin d'en démêler les fils. Je me bornerai donc moins à vous faire part de mes soupçons qu'à encourager les vôtres.

J'ai contre M. de Waligny un grief mortel : j'ai eu avec lui une querelle vous concernant. J'ai longtemps été jaloux du retour dont vous payez l'intérêt que vous a constamment porté M. de Waligny, même si ce commerce a été traversé par d'autres passions, ou d'autres passades. Dans l'espoir de le décourager, ou simplement de vous nuire, je n'ai pu m'empêcher d'évoquer auprès de lui les plus fracassants de vos écarts. J'ai presque du regret à me rappeler certains des mots employés dans la description que je lui en ai faite. Il s'est ensuivi un échange d'injures inexpiables, au cours duquel j'ai eu la maladresse de lui laisser la qualité d'offensé, ce qui avait pour lui le double avantage de mieux le poser comme votre chevalier servant, et de lui laisser le choix des armes. Je l'avais, en effet, mis au défi de défendre votre honneur au prix de sa vie, ce qu'il avait accueilli avec une ironie désobligeante. Le jour venu pour la confrontation, au petit matin, dans le fossé du fort de Montrouge, j'eus la surprise de le voir apparaître en retard, seul, sans arme et sans témoins, alors que les miens avaient apporté pistolets et épées pour satisfaire l'éventualité d'un choix qu'il ne m'avait pas communiqué. Il était en bras de chemise, et portait un sac de cuir noir d'où il sortit deux bâtons de combat. Mes témoins s'interposèrent en lui faisant observer que ces instruments ne figuraient pas dans les traditions. Si M. de Waligny avait choisi le sabre, dirent-ils, on pouvait l'accommoder en remettant l'affaire à plus tard. M. de Waligny répliqua qu'il ne se battrait à l'arme blanche ou au pistolet qu'avec un gentilhomme, mais qu'avec un bourgeois le bâton des apaches de barrière lui paraissait suffisant. Il me lança un des deux bâtons et se précipita sur moi, me brisant de deux coups les deux avant-bras alors que je venais à peine de me mettre en garde. J'ai été un an avant de pouvoir faire mes comptes et remonter à cheval. Cette aventure, restée secrète entre M. de Waligny et moi par crainte de complications judiciaires, vous explique mon désir de profiter d'une occasion qui vient peut-être de s'offrir. Si ce qui précède a éveillé votre curiosité, je vous propose de me rencontrer au Café de la Paix, à Paris, à cinq heures de l'après-midi le 15 mars prochain. Je suis petit, j'ai le cheveu rare, poivre-au-sel. J'aurai un complet veston noir, des guêtres mastic, je lirai le journal *La Croix*, publication dont l'élévation spirituelle sera un prélude convenable à notre entretien. »

L'homme qu'au temps des splendeurs on appelait le « Monsieur Jourdain de la vénerie » avait gardé la tête de l'emploi, et celle de son emploi. Il était aussi discret de maintien et de costume en ville qu'ostentatoire en forêt. Les yeux glacés se posèrent sur lui sans hésitation. Il ne se leva pas.

« Je vous admirais de loin.

— Je vous dédaigne de près, dit Aella de Waligny. Votre lettre en dit trop long pour ce qu'elle cache. Vous voulez de l'argent ?

— Ai-je l'air de quelqu'un qui a besoin d'argent ? Quelle arme aurais-je pour vous en soutirer, à supposer que vous en ayez, ce dont on peut douter ? Un maître chanteur se serait adressé à M. de Waligny.

— Vous auriez pu espérer que je chanterais pour protéger sa réputation. Ce serait mal nous connaître l'un et l'autre.

— Madame, vous prenez la question à l'envers. Ma démarche est désintéressée. Elle n'a que la vengeance pour objet. N'étant pas sûr de moi, comme j'ai tenté de vous l'écrire, je veux seulement mettre le ver dans le fruit.

— Le scrupule dans l'ignominie, dit-elle.

— La rigueur de l'homme de loi dans la médisance du jaloux, corrigea Mauvoisin. La cavalerie est morte pour toujours après la fin de la guerre de mouvement à l'automne de 1914. Les officiers ont été versés dans d'autres armes. Il y a eu des volontaires pour l'aviation ; d'autres, avec moins de panache et plus de courage, sont passés à l'infanterie. Mais le fouineur que je suis perd la trace de M. de Waligny avant de la retrouver sur le front d'Italie. Vous devriez vous demander pourquoi.

— M. de Waligny ne me cache rien de ce qui se confie aisément. Il est tombé gravement malade. Lorsque les médecins ont réussi à le guérir à force de ne pas le soigner, il s'est porté volontaire pour l'artillerie de campagne : même vous, Monsieur, devez savoir que c'est resté une arme à cheval. Il y a gagné ses galons de capitaine à la bataille du Piave où les Français ont sauvé l'armée italienne du désastre après la défaite de Caporetto.

— C'est égal. Rendez visite au médecin-commandant Delafoi, au Val-de-Grâce. Ce qu'il ne vous dira pas vous mettra la puce à l'oreille. »

2

Les gardiens étaient des gendarmes réformés. Ils étaient responsables de la sécurité. Les infirmiers, plus ou moins qualifiés, étaient chargés des soins. Tous vivaient dans le confort et la honte de ne pas être au combat.

À six heures du matin et à six heures du soir exactement, deux infirmiers en combinaison blanche venaient dans la cellule interrompre son sommeil de chloral. Ils le libéraient de sa veste de force en délaçant les cordons qui assujettissaient, par des rosettes nouées à triple nœud dans son dos, les manches aveugles croisées sur sa poitrine. En allant ainsi escorté à la salle d'hydrothérapie, il rencontrait les patients qui avaient permission de couloir. Certains, assis sur des tabourets, balançaient la tête comme des fauves qui s'ennuient. D'autres, noyés dans leur univers immobile, regardaient fixement devant eux. D'autres encore, qu'on disait les plus atteints, marchaient en zigzag d'un mur à l'autre. Aucun n'était à l'abri des lazzi et des coups.

La douche glacée était administrée avec un jet d'eau aussi puissant qu'une lance de pompiers. Ils visaient le visage, la poitrine, l'appareil génital. « Ça va te réveiller. Ça va te calmer. » Lors des premières séances, il avait été précipité au sol, la chair des fesses meurtrie en s'enfonçant entre les lames de la claie, la tête heurtant l'arête ébréchée de la plinthe en céramique. Il avait appris depuis à se protéger avec les poings et les avant-bras. Le jet dirigé vers les yeux avait un jour provoqué une hémorragie du corps vitré et un décollement de la rétine dont il ne s'était qu'imparfaitement guéri. L'un de ses compagnons lui avait expliqué trop tard qu'à la douche il fallait courber la tête, comme en sortant de la tranchée. Cette mise en garde avait été suivie d'un fou rire convulsif de nature à lui ôter toute créance, sur quoi l'on avait sans ménagement conduit son auteur à la douche dont il venait de dénoncer les risques.

Les jours se suivaient sans se ressembler ; il ne s'ennuyait guère : la variété des terreurs et des brimades apportait aux pensionnaires un peu de l'inattendu du front tout en leur épargnant le danger. C'était une chiourme dont la rigueur sans logique punissait moins des fautes qu'elle n'exprimait la fantaisie des gardiens.

Peu de temps après son arrivée, il avait voulu protester contre l'abjection de la nourriture dont l'odeur de cave mal tenue et de quignon moisi provoquait la nausée dès l'entrée au réfectoire. Il l'avait fait avec la violence propre à l'état décrit dans son dossier, qui était un cas d'école classiquement enseigné aux étudiants. « Une colère aveugle répond à la perception par le malade d'une résistance du monde extérieur qui lui est incompréhensible, incapable qu'il est de faire le départ entre sa propre conscience et la réalité qui l'entoure. » Ainsi s'exprimait dans son cours magistral, et dans son œuvre, le médecin-colonel Haïm, élève de Charcot, qui avait formé toute une génération de spécialistes militaires. Le patient s'était conformé comme avec application au cas d'école du colonel Haïm. Il avait vidé au sol et sur la table sa gamelle de fer bosselé remplie de ce que les pensionnaires appelaient « jus de chiasse » ou plus souvent « soupe de Champagne » en raison de la similitude de sa couleur avec la boue crayeuse des fonds de tranchée de ce théâtre d'opérations. Armé de son tabouret et de sa gamelle vide, il s'était précipité sur un garçon de salle, l'avait pris au col et traîné jusqu'à la petite flaque dans laquelle il s'était employé à lui écraser le nez avant d'être maîtrisé par trois gardiens. Les convives l'applaudirent alors que, neutralisé par un ceinturon de cuir, il était reconduit à sa cellule en vociférant. On avait depuis lors remplacé les tabourets par des bancs scellés au sol.

Lavement au chloral, veste de force, huit jours. Le personnel lui-même ne savait plus si c'était une sanction ou une contrainte dictée par la sécurité : la frontière était floue et changeante entre ces deux impératifs. Il voulut s'en expliquer avec le directeur de l'établissement, sans obtenir de réponse. Il se vengea en déféquant partout, cellule, couloirs, chapelle, lit, caleçons de santé. On tenta de l'en empêcher en lui faisant boire, sous le nom d'absinthe, une liqueur opiacée diluée dans de la teinture d'anis. Il fit mine d'accepter et recracha. On le força à avaler des boulettes d'opium. Le mélange avec le chloral faillit le tuer. Ce régime fut suspendu et les défécations recommencèrent. Lors d'une messe, il prit ses excréments dans ses mains et les jeta sur la nappe d'autel. Cela surprit, car il était connu pour sa dévotion. Il y perdit les applaudissements de ses camarades d'infortune, et ce revers parut le calmer. C'est du moins l'explication qu'on donna.

Les coups faisaient partie du régime bien qu'ils ne fussent pas explicitement prévus par le règlement. Les textes autorisaient la coercition physique à l'égard des patients dangereux. L'encadrement ne veillait qu'avec peu de zèle à une utilisation modérée de cette facilité ; certains infirmiers ou gardiens y prenaient plaisir, et le commandement feignait de n'y voir qu'une application louable de la discipline qui doit régner dans tout établissement militaire. Jusque parmi les médecins, beaucoup considéraient les malades comme, en quelque mesure, responsables de leur maladie, qui leur paraissait, sans qu'ils l'avouassent, relever d'une faille du caractère plutôt que de la fatalité d'une pathologie. Ceux qu'on appelait neurasthéniques n'avaient « qu'à se secouer » ; les excités qu'à se calmer, les délirants qu'à reprendre pied dans la réalité qu'ils avaient le tort de fuir. La réprobation morale se faisait l'auxiliaire du traitement dont elle orientait les choix. Dans le secret des consciences du corps soignant les patients étaient dès lors classés en bons et en méchants, et traités en conséquence suivant ce qui, insidieusement, tendait à devenir moins le diagnostic de leur mal que l'évaluation de leurs mérites. Infirmiers et médecins épousaient ainsi, sans s'en rendre compte, les délires mystiques de certains malades acharnés à reconnaître et à séparer les damnés des élus.

« Comment va mon petit frère aujourd'hui ? » dit sœur Marie-Mélanie, visiteuse du Perpétuel Secours, l'ordre chargé, entre autres, des affaires spirituelles. Il mâchait son drap en la suivant de son regard du mercredi, ainsi qualifié par l'infirmier-chef qui avait remarqué la cadence hebdomadaire de son apparition.

« C'est mercredi, jour de misère, dit-il.

— Après mercredi, vient jeudi, jour de grâce, dit sœur Marie-Mélanie en souriant.

— À quand la semaine des quatre jeudis ?

— Quand mon petit frère aura été assez sage le mercredi pour la mériter.

— Que faut-il que je fasse, ma sœur ?

— Ne pas gêner ni salir les autres au réfectoire. Faire ses besoins dans le trou. Ne pas manger son drap. Se confesser de toutes ces mauvaises choses pour pouvoir communier le vendredi.

— C'est tout ? demanda-t-il.

— Ne pas regarder votre sœur Marie-Mélanie avec ces vilains yeux-là, dit-elle.

— Mais nous sommes mercredi, le jour où j'ai mon mauvais regard. C'est l'infirmier-chef qui le dit. Il faut toujours obéir à l'infirmier-chef.

— L'infirmier-chef ne vous *commande* pas d'avoir le mercredi votre vilain regard du mercredi.

— Ah ! Un autre jour, alors ? dit-il.
— Mon petit frère taquine sa sœur Marie-Mélanie, dit la sœur en lui tapotant la joue. Il faudra le dire en confession. »

Pas de regard du mercredi le mercredi suivant. La semaine s'était écoulée sans incident, et sœur Marie-Mélanie lui en fit compliment.

« Mon petit frère a été sage, et le Bon Dieu est content », dit-elle en se penchant pour lui donner un baiser sur le front. Elle sentait la fraise et la brioche.

« Je vous ai connue quand j'étais petit garçon, dit-il.

— Mon petit frère se raconte des histoires, qu'il essaye de me faire croire.

— Croix de bois, croix de fer, dit-il. Vous êtes belge, n'est-ce pas, ma sœur ? Comment le saurais-je si mon histoire n'était pas vraie ?

— Mon petit frère doit se calmer, sans quoi je serai obligée de faire venir les infirmiers. »

Il descendit du lit et tomba à genoux.

« Pas les infirmiers, ma sœur, je vous en supplie ! »

Il se traîna vers elle à genoux, la supplication étouffée par les bras prisonniers de la veste de force. Il tomba en avant ; les bras prisonniers l'empêchèrent de se relever. Il resta la poitrine au sol, la tête de côté. La sœur s'approcha. Il vit les jambes qui montaient sous la robe, le haut des bas blancs, une dentelle.

« En Belgique ! Je vous aimais. Je vous emmenais sur mon cheval de bois. Quand ma mère me l'avait donné, il était blanc. Son nom était *White Surrey*. Je l'avais repeint pour pouvoir l'appeler Diamant Noir. Un méchant camarade me l'a volé. »

« Docteur, je voudrais qu'on lui enlève la camisole pendant les visites de spiritualité.

— Ma sœur, ce patient est très agité.

— Il ne l'est pas avec moi. Et chez un garçon aussi distingué, cette maudite veste est contraire à la dévotion. Il est fin et charmant.

— Il *était* fin et charmant, ma sœur. Avant.

— Ce n'est pas ce que je voulais dire. » Elle rougit. « Il a besoin de ses mains pour rencontrer le Seigneur.

— Ma sœur, je ne suis pas certain de comprendre ce que vous entendez par "rencontrer le Seigneur", ni à quoi peut y servir l'usage des mains.

— L'humiliation et la contrainte empêchent tout dialogue, dit sœur Marie-Mélanie. C'est un homme fier.

— *C'était* un homme fier.

— Docteur, je promets d'appeler à la moindre alerte, mais j'ai confiance en Dieu, et je n'aurai pas à le faire.

— Je serais plus à l'aise si vous acceptiez la présence d'un gardien pendant vos visites.

— Vous n'y songez pas. Je serai sous la garantie de Dieu.

— J'aime mieux celle d'un gardien.

— Ce serait pire que la camisole, dit sœur Marie-Mélanie. Je préfère renoncer, mais je devrai expliquer pourquoi à la mère supérieure. C'est à vous de choisir, docteur : la camisole ou la mère supérieure.

— Ma sœur, on ne peut pas vous résister. Dites-moi seulement ce que vous ferez en cas de besoin.

— Je crierai.

— Cela ne me suffit pas.

— Je hurlerai : j'ai une bonne voix. Le Seigneur m'entendra.

— Je préférerais que ce soient les gardiens qui vous entendent.

— J'emprunterai une cloche au réfectoire du couvent. Il ne vous faut pas le tocsin, quand même ?

— Ma sœur, pensez à ma responsabilité vis-à-vis de vous.

— Docteur, pensez à ma responsabilité vis-à-vis de lui. » Elle se leva pour sortir. « Et, dit-elle en se retournant, pas de gardien derrière la porte de la cellule, n'est-ce pas ? Avec le Bon Dieu, on n'écoute pas aux portes. »

Toujours pas de mauvais regard le mercredi suivant lors de la visite de sœur Marie-Mélanie, munie de sa cloche de réfectoire. Il était libre, sans veste de force.

« Ma sœur, vous allez me répéter que le Bon Dieu est content, parce que j'ai été sage encore cette semaine. Mais vous devez m'expliquer qui est ce Bon Dieu que je ne connais pas. Ma mère me parlait seulement du petit Jésus, celui qui donne des cadeaux de Noël.

— Vous voilà de nouveau à taquiner votre petite sœur. Vous savez bien que le petit Jésus est une invention des mamans, et ne donne pas de cadeaux.

— Comment ! le petit Jésus une invention ! Et vous êtes religieuse !

— Ne soyez pas taquin. Vous donniez vos vieux jouets aux pauvres, n'est-ce pas ?

— Ma mère me forçait. J'aimais davantage mes vieux jouets que les jouets neufs, alors je donnais les jouets cassés. J'en cassais certains exprès avant de les donner.

— Comme c'est vilain ! Mais si c'était le petit Jésus qui donnait les cadeaux de Noël, vous êtes-vous jamais demandé pourquoi il n'en donnait pas aux pauvres, de sorte que vous deviez donner les vôtres ?

— Peut-être n'aime-t-il pas les pauvres.

— Jésus n'aime que les pauvres.

— Comment ! Les évêques, les princes, les généraux, il n'aime pas ?

— Il y a des évêques pauvres : ceux-là, Jésus les aime.

— Et le roi des Belges, il est pauvre ?

— Le roi des Belges, c'est différent.

— Ah ! Jésus aime tous les Belges, alors ?

— Vous vous moquez de votre petite sœur : ce n'est pas bien. J'essayais de vous expliquer pourquoi ce ne pouvait être votre petit Jésus qui donne les cadeaux de Noël. Si c'était le cas, il en aurait donné à tout le monde, surtout aux pauvres, et vous n'auriez pas eu à leur donner les vôtres. Ce n'est rien qu'une jolie histoire des mamans pour les enfants.

— Et le Bon Dieu, dans tout ça ?

— Le Bon Dieu et Jésus, c'est la même chose. Et le petit Jésus de votre enfance, la même chose.

— Comment ! Celui qui me forçait à donner mes jouets préférés, et qui n'existe pas ? C'est trop compliqué, ma sœur : je n'y comprends rien. Laissez-moi dormir. » Il se glissa dans les draps.

« Vous voulez que je m'en aille — que je vous laisse vous reposer seul ?

— Ma sœur, je suis si triste quand vous me quittez que je voudrais mourir, et j'attends vos visites comme le Bon Dieu : j'ai seulement peur d'avoir un mauvais regard ces jours-là, le regard du mercredi.

— Le Bon Dieu ! Vous voyez que vous le connaissez !

— Depuis que vous m'en avez parlé.

— La seule complication, dit sœur Marie-Mélanie, c'est que le Bon Dieu est le père de Jésus mais qu'ils sont la même chose — la même personne. On doit le croire sans le comprendre. Nous appelons ça un mystère. Vous saisissez ?

— Je n'ai pas d'expérience de ces affaires-là : je n'ai pas d'enfant.

— Malheureux ! Pas d'enfant !

— Je ne suis pas marié.

— Pas marié ! » répéta-t-elle en rougissant. Elle rougissait facilement.

« Vous voudriez que j'aie un fils, pour qu'on l'envoie au front ? dit-il.

— À votre âge, vous ne pourriez pas avoir un fils qu'on envoie au front », dit sœur Marie-Mélanie en rougissant de nouveau.

Il fronça les sourcils comme s'il s'attaquait à un calcul difficile.

— Ça va encore durer des années, dit-il. Si vous y tenez absolument, je peux avoir une fille. Elle serait religieuse pour vous faire plaisir.

— Je ne tiens à rien, dit-elle dans un souffle. Je regrette d'avoir donné à cet entretien un tour trop personnel. Nous en étions à Dieu.

— Racontez-moi des nouvelles du front, ma sœur. Pourquoi permet-il toute cette misère ?

— Il est avec nous contre les Allemands qu'il faut vaincre.

— Mais les têtes arrachées, les cris des blessés !

— C'est le prix à payer pour la victoire, dit sœur Marie-Mélanie.

— Mais si les Allemands croient en Dieu, ils l'ont aussi de leur côté ? »

Le ton de sœur Marie-Mélanie changea.

« Leur Dieu n'est pas le même que le nôtre.

— Pas le même ! Je croyais qu'il n'y en avait qu'un ?

— Vous ergotez : c'est mal, dit-elle d'une voix où affleurait la détresse.

— Je vous demande pardon. Venez vous asseoir sur mon lit pour me montrer que vous ne m'en voulez pas. »

Le lit était haut, comme sont les lits d'hôpital. La robe remonta. Il revit les jambes, les bas blancs, un éclat de chair blonde dans la dentelle.

« Ces petites mains-là n'ont jamais donné la mort. Il me les faut sous le drap. »

Elle cria, essaya de saisir la cloche qui tomba sur le sol. Deux gardiens entrèrent avec leur attirail, camisole, ceinturon et gourdins. Secouée d'horreur, elle hurla en sanglotant : « Prenez-le ! Battez-le, mais qu'il me lâche ! »

Ce qu'ils firent.

« Tu aimes les petites visiteuses ? On va te faire ton affaire », dit l'un.

Le second renchérit en brandissant son bâton : « Un manche de pioche, avec de la vaseline, ça t'arrangerait ? »

Ils l'emmenèrent dans une petite salle carrée, au sol cimenté, éclairée d'un mauvais falot à gaz.

« Une séance dans le placard aux dégonflés, avant d'être rincé par les infirmiers, ça sera parfait. »

Ils le basculèrent sur la table, les fesses à l'air.

« J'ai pas de vaseline, Joseph.

— La graisse d'armes, ça suffira. Mais, avant, faut réchauffer M. le Vicomte. »

Les coups s'abattirent sur les reins et les fesses, ceinturon et gourdins alternés, épargnant ce que les deux lurons appelaient « les parties sensibles de M. le Vicomte ». Ils ponctuaient en riant leurs coups de noms de champs d'horreur, « V'là pour le Mort-Homme ! V'là pour les Éparges ! Monsieur n'y était pour personne ! »

Soudain, le supplice s'arrêta. Les deux brutes soufflaient bruyamment. Puis :

« Joseph, mon bâton de pioche, il est trop gros, même avec la lubrification.

— Connard, mets-y ton truc.

— Mon truc ?

— Ton manche à toi, connard.

— J'ai pas envie. Monsieur m'inspire pas.

— Moi non plus.

— Alors, les infirmiers ?

— Les infirmiers. »

3

La prestance du médecin-commandant Delafoi, avec sa haute taille, ses cheveux drus gris fer et sa belle blouse blanche, était contredite par l'austérité toute militaire de son cabinet, qui convenait à une institution que la victoire avait condamnée à l'inutilité.

« Commandant, je viens vous voir de la part d'un ami, Me Mauvoisin.

— Ce bon Mauvoisin ! Toujours aussi magnifique à la chasse, buffleterie blanche et pur-sang de relais ?

— Je ne saurais vous dire, Commandant. Il y a longtemps que je ne pratique plus. La guerre a tué la magie.

— La guerre a tué beaucoup de choses, et beaucoup de gens.

— Je viens à propos de mon mari, M. de Waligny. Capitaine de Waligny. Me Mauvoisin m'a dit qu'il avait été de vos patients pendant la guerre.

— Patient, c'est beaucoup dire. Je dirigeais un établissement où il a séjourné à Dijon. Mais, comprenez-moi, je n'étais en aucune façon son médecin traitant.

Cela se passait » — il eut un petit rire — « très au-dessous de moi.

— Je crains que mon mari n'ait une rechute. Une fatigue immense, écrasante, dont personne ne comprend la cause. Comme ils disent, “la clinique est muette”.

— Il vaut mieux une clinique muette qu'une clinique qui fait dire des bêtises. » Nouveau petit rire. « Commandant, de quoi souffrait-il ?

— Je ne suis pas certain de pouvoir vous le dire, Madame. Il faut le lui demander.

— Mon mari est très pudique et très secret, Commandant. Et ceci se passait avant notre mariage.

— Croyez-vous qu'un médecin puisse révéler ce qu'un malade veut garder pour soi ?

— Je pensais qu'entre militaires…

— Vous pensiez mal.

— Et à l'égard d'une épouse…

— Pire encore. » Il se leva. « La seule chose que je peux vous dire — sous réserve de l'opinion de son médecin traitant d'alors dont je ne vous communiquerai pas le nom, et qui ne vous en dirait pas davantage, c'est qu'à mon sens il s'agissait d'une pathologie mineure, non susceptible de rechutes.

— Une pathologie mineure ! Pour un séjour de deux ans !

— C'est ce que j'ai dit. Quant à la durée du séjour, je suis également tenu au secret. »

Il fit le geste de la reconduire.

« Et, Madame…

— Commandant ?

— Je ne vous ai indiqué ce que je pense de la gravité que pour vous rassurer.

— Me rassurer !

— Et vous faire comprendre que vos enfants, si vous en avez, ne craignent absolument rien. La maladie n'est ni contagieuse ni transmissible par l'hérédité. »

Les vieilles tantes belges ne servent qu'à mentir, à inventer des prétextes. Surtout après une guerre où elles ont perdu tous leurs neveux. Elle prit donc le train pour aller les voir, à Charleroi. Le train traversait d'abord une France dévastée. Seul était resté debout ce qui ne pouvait pas tomber plus bas dans les champs immenses où les charrues déterraient, outre les débris humains, de vieilles munitions qui tuaient les paysans trop curieux et les enfants amateurs de souvenirs. La campagne était constellée de masures en cours de reconstruction, abandonnées avant d'être finies, aussi laides qu'avant, dont la pauvreté tranchait sous le ciel noir avec la splendeur des cultures. Les Ardennais attelés aux brabants, aussi luisants que le charbon des puits voisins, enfonçaient dans la terre rouge leurs sabots évasés vers le bas comme de grosses cloches d'où pendaient des touffes de poils changées par la pluie en manchons de boue. Puis ce fut la Belgique, que la rapidité de la retraite de 1914 avait quelque peu épargnée, mais où la misère des corons, la silhouette noire des terrils, les murs de brique sale et les usines éclopées qui recommençaient à fumer entre les peupliers faisaient regretter les destructions de la guerre.

Le train se perdit dans des itinéraires de remplacement qui allongèrent interminablement le voyage, vers l'ouest, de sorte qu'elle arriva à destination trop tard pour le rendez-vous. L'hôtel était au diapason, avec son couloir recouvert d'un linoléum déchiré, ses cabinets puants (un par étage) et ses meubles en bois blanc. C'est qu'elle commençait à sentir le pincement de l'argent, et à faire dire autour d'elle qu'elle ne méritait pas d'en avoir si peu. Et si elle n'avait pas pu tendre la sébille à son mari, c'est que les vieilles tantes belges étaient censées pourvoir à son logement dans la vaste maison où elles dorlotaient leur deuil.

Le chauffeur du taxi était plus causant que le médecin-commandant. Il ne tarissait pas d'éloges sur celles qu'il appelait les « Petites Sœurs de la Visite ». Il confondait peut-être visite et visitation, nuance sémantique dont l'ignorance ne pouvait être due qu'aux progrès de l'irréligion dans la Belgique wallonne d'après-guerre.

« Quand elles étaient réfugiées en France pour fuir l'invasion, elles ont laissé tomber le Bon Dieu pour vos soldats blessés ou malades. Elles ont tout donné, tout, jour et nuit. On a dû les empêcher d'aller les chercher entre les lignes.

— Vous exagérez, dit-elle. C'était le travail des brancardiers.

— N'empêche qu'il y en a qui ont été gazées ! »

Sur cette affirmation, elle lui laissa un bon pourboire, au-dessus de ses moyens.

Le parloir sentait l'ancien temps et l'encaustique. Sœur Marie-Mélanie parlait d'une voix éteinte, embarrassée par une respiration laborieuse. « Pardonnez-moi, dit-elle. Une mauvaise bronchite.

— C'est M. Delafoi qui m'a donné votre nom.

— M. Delafoi ! On ne le voyait presque jamais, et c'était pour se faire gronder. Il y avait ceci, il y avait cela. Mais comment savait-il où me trouver ?

— Excusez-moi, ma sœur, j'ai un peu arrangé les choses, pour vous donner une référence. » Elle rougit. « M. Delafoi ne m'a pas parlé de vous. Il m'a parlé de Dijon, et c'est Dijon qui m'a renseignée. Vous y avez laissé un très bon souvenir.

— J'ai fait de mon mieux, dit la sœur.

— On m'a dit que vous aviez soigné mon mari — mon futur mari à l'époque —, le lieutenant de Waligny.

— M. de Waligny ! » Elle eut une sauvage quinte de toux, avec des aspirations sifflantes comme le chant de la coqueluche. C'était peut-être la toux qui lui fit monter au visage un rouge violacé d'apoplectique, et qui lui mit les larmes aux yeux.

Elle reprit son souffle. « M. de Waligny était très doux et très gentil. Je n'ai pas toujours été avec lui aussi patiente que j'aurais dû.

— M. de Waligny très doux et très gentil ! Vous êtes sûre que nous parlons du même homme ?

— Petit, maigre, sec, blond, avec une moustache que je lui ai fait raser, murmura la sœur en baissant la tête. Par hygiène, ajouta-t-elle aussitôt, comme avec gêne. Il y avait des poux partout.

— Je vais être indiscrète. Comment était-il » — elle hésita — « je veux dire, physiquement ?

— Il était charmant », dit la sœur, et elle se mit à pleurer. « Je n'ai pas toujours été bonne avec lui. Je l'appelais petit frère. Mais on le battait à cause de moi.

— À cause de vous !

— À cause de moi. » Elle se mit à genoux. « À cause de moi, que le Bon Dieu me pardonne !

— Parlez-moi de sa maladie.

— Je n'ai pas le droit, mais je vais le faire quand même. Après tout, le temps a passé et vous êtes sa femme. Je n'étais pas sûre qu'il fût gravement malade. Il disait quantité de sottises, surtout à propos de religion, mais je pense qu'il n'y croyait guère et qu'il me les débitait pour me taquiner. Je n'ai fait part de mes doutes à personne. Je ne voulais pas qu'il retourne au front : je lui étais trop attachée.

— Vous l'aimiez, ma sœur !

— Avec les autres, il était comme un fou furieux. Il hurlait la nuit. Il cassait tout. Jamais avec moi. Un homme aussi intelligent ne peut perdre sa raison et sa mémoire.

— Ma sœur, ce que vous dites n'a pas de sens.

— Je ne sais plus où j'en suis. Vous êtes la dernière personne à qui j'aurais dû raconter cette histoire, et vous êtes la première à qui je la raconte. » Les sanglots s'achevèrent en une toux hoquetée d'une violence incoercible. Elle se détourna pour vomir dans son mouchoir.

« Madame », dit la mère supérieure, qui venait d'entrer au parloir, « je ne connais pas le sujet qui vous amène, mais je dois vous demander de ne pas tourmenter notre petite sœur Marie-Mélanie. Voyez-vous, elle a été gazée après Ypres. »

4

Il est assis dans la salle de classe ravagée par les combats, sous la garde d'un factionnaire de la prévôté. Les gravats, les vitres brisées, les bancs et les pupitres à demi brûlés, le tableau noir criblé d'éclats attestent le passage de l'ouragan. Une carte de France, intacte, pend de travers derrière l'estrade dont il ne reste qu'un tas de bois de feu. L'Alsace et la Lorraine y figurent en grisé, les autres régions en rose. Des flèches montrent les échanges de produits agricoles. La France, qui nourrit l'Europe, n'achète que les ananas des Antilles et les cédrats de Corse : on reste entre Français. Une inscription s'étale sur toute la largeur de la carte, depuis la Bretagne jusqu'à l'Alsace : « Le Sol, c'est la Patrie. Enrichir l'Un, c'est Servir l'Autre », avec les majuscules insolites qui affirment la grandeur du propos. Le grisé est la couleur de la revendication et du deuil, mais l'inscription ne fait qu'effleurer de sa dernière lettre la frontière mortelle qui sépare ce qui reste de la Patrie de ce dont on l'a amputée.

Quatre militaires aux uniformes couverts de poussière sont réunis dans les décombres de ce qui fut le bureau de l'instituteur, où il reste une table derrière laquelle est assis le plus gradé, un chef d'escadrons. Ils sont en formation de cour martiale. La procédure est simple et expéditive : défense muette, pas de voie de recours, exécution immédiate. La seule obligation est de rendre compte.

« En vertu de mes délégations, je cumule les fonctions de président, de procureur et de juge d'instruction. Sur le rapport du médecin-major ici présent, j'estime qu'il n'y a pas lieu à poursuites, et je propose d'y renoncer. Je précise pour les moins familiers avec les règles du droit qu'il s'agirait d'un non-lieu et non d'un acquittement, la cour n'étant pas appelée à statuer : nous éviterons ainsi le galimatias d'un procès-verbal. Maintenant, passons aux voix. Chacun a trois minutes pour s'expliquer.

— J'ai examiné l'officier, dit le major. La science le déclare irresponsable. Il a agi dans un moment d'égarement, sur fond d'hystérie provoquée par les combats. Il s'y mêle occasionnellement des bouffées mystiques où j'ai le regret de constater que la patrie et la guerre n'ont aucune part. C'est parmi d'autres un signe de souffrance mentale.

— Souffrance ? dit le capitaine. Expliquez-nous ça, Monsieur le Major.

— Je veux dire qu'il oblitère la guerre qui est pour lui un sujet de remords.

— S'il a des remords, insiste le capitaine, c'est qu'il est responsable.

— Les délires mystiques sont fréquents chez ce genre de malades.

— Vous ne répondez pas, dit le capitaine.

— Le fait même de refuser la guerre est pathologique pour un officier de cette trempe.

— Quelle trempe ?

— La discussion s'égare, dit le chef d'escadrons.

— Pardonnez-moi, j'ai mes trois minutes, dit le capitaine. Où allons-nous si nous excusons un crime parce qu'il n'est pas conforme à l'habit, et qu'il ne peut donc s'agir que d'un coup de folie ? C'est l'histoire du curé de village qu'on acquitte après qu'il a éventré sa maîtresse enceinte. Mais ici, notre paroisse, c'est la guerre.

— Capitaine, dit le chef d'escadrons, je vous rappelle à l'ordre. Nous ne jugeons aucun crime, et nous n'acquittons personne. Nous discutons de l'opportunité des poursuites dont je serai seul juge.

— Si c'est le cas, mon Commandant, il ne faut pas nous appeler à voter.

— N'ergotez pas. Je le fais pour m'éclairer.

— Je suggère de poursuivre, et de réunir séance tenante la cour en session de jugement.

— Pour faire fusiller un officier de tradition ?

— Nous n'en sommes pas là. Vous ne pouvez préjuger…

— Capitaine, vous êtes trop fin pour moi. Si vous êtes favorable au prévenu, donnez-moi sans barguigner votre avis conforme, et n'en parlons plus.

— Je m'abstiens.

— Lieutenant ?

— Comme officier représentant son grade, je compatis à son état et me rallie à l'opinion de M. le Major.

N'oublions pas toutefois les conditions que nous avons envisagées.

— J'allais y venir, dit le chef d'escadrons. Mais elles doivent être expressément imposées à l'intéressé.

— S'il est en état de comprendre et de s'y plier, mon Commandant, dit le lieutenant.

— Nous verrons bien. La force sera employée si nécessaire, pour sa sécurité et celle du service. »

Le prévenu masse d'un air absent ses poignets libérés du cordeau qui les enserrait.

« Gendarme, le secret le plus absolu vous est prescrit sous peine de mort. » Le gendarme acquiesce d'un signe et salue. Le chef d'escadrons s'adresse au prisonnier sans lui parler, comme un médecin qui discute avec des collègues devant un agonisant. « Les troubles dont souffre cet officier le font échapper à la justice militaire. Cette décision est subordonnée à la persistance de ces troubles pendant une durée et avec une intensité suffisantes pour la justifier. L'intéressé sera interné en régime spécial dans un établissement sanitaire de l'armée pour une durée au moins égale à deux ans. Si, pendant cette période, il apparaissait, à dire d'experts du service de santé, que l'officier a retrouvé ses facultés, il y aurait lieu d'examiner à nouveau la question de sa responsabilité dans les faits qui lui sont reprochés. Lieutenant, mettez ceci en forme et faites-le-moi signer. Le major contresignera, car c'est moins un procès-verbal qu'un compte rendu médical. »

Il regarda la carte d'un air inquiet. « Où sommes-nous ?

— J'ai pas le droit de te parler, dit le factionnaire.

— Mais tu viens de me parler.

— Si tu discutes, je t'assomme. » Le factionnaire saisit son fusil par le fût.

« Tu ne sais pas où nous sommes ? Tu es malade, toi aussi ?

— En France, imbécile ! Tu vois bien la carte !

— Non ! Pas en France — Surtout pas en France ! »

Il fait mine de s'enfuir.

Le factionnaire le met en joue. « Si tu bouges, je te tue.

— Tu vois que tu me parles. » Il se rassied.

L'ambulance arrive à la nuit. Les autres l'y reçoivent à coups de pied, car il faut se serrer pour lui faire place.

5

Elle s'est résolue à aller voir la mère. C'est une femme en noir, à la bouche dévastée, qui paraît quinze ans de plus que son âge. La cuisine fait aussi office de chambre et de salle commune ; mais la mère n'a plus rien de commun avec personne. La guerre lui a tout pris, sauf son lopin et sa maison. Ses deux hommes y sont morts ; la basse-cour lui tient lieu de famille. Un réflexe la fait se lever lorsqu'elle voit entrer cette dame qu'elle ne connaît pas.

« Madame Hardouin, j'ai été une grande amie de votre fils quand il était piqueux chez M. le Comte.

— Ah ! C'est vous ! dit la mère. J'aurais mieux aimé ne pas connaître la personne qui a fait c't'horreur-là.

— J'aurais préféré ne pas venir vous voir, mais... » Elle hésita. « Une affaire importante m'a fait changer d'avis.

— C'est que mon Jérôme, il était fiancé, dit la mère. Je lui avais bien dit qu'il ne devait pas fricoter avec des dames. Ça n'est jamais bon pour la santé de nous autres.

— Je ne lui ai fait aucun mal.

— C’est à cause de vous qu’il est mort, et j’espère bien que là-haut on ne vous pardonnera pas, dit la mère.

— Je vous assure !

— Vous me l’avez rendu comme fou, dit la mère. Il n’avait plus goût à rien. Sa fiancée, son père, ni moi, il ne connaissait plus personne. Même la chasse, c’était plus comme avant. Il aura voulu se faire tuer à la guerre, et mon Dieu qu’il a bien réussi !

— Je ne sais pas qui a pu vous faire croire… et les soldats n’ont eu besoin de personne pour… pour ça.

— On n’a jamais retrouvé son corps, dit la mère. On m’a raconté qu’il était mort dans un tunnel, vous voyez ça un tunnel, à cheval. Ils y sont tous passés, tous, qu’on m’a dit. Il paraîtrait que les Boches se sont dépêchés de tout ramasser en vrac avec les chevaux et leurs propres tués, et qu’ils les ont mis dans une fosse pour que ça ne sente pas trop mauvais. Ils voulaient se servir du tunnel comme cagna.

— *Tous* morts ?

— C’est ce qu’on m’a dit, répéta la mère. Une mort héroïque, on m’a dit. Comme si ça consolait ! Ils ont aussi parlé d’une action folle, et je vois bien où ça mène. Ça mène à vous.

— Madame Hardouin, s’il a fait une action folle, c’est qu’il en avait reçu l’ordre. C’est à celui qui a donné l’ordre que vous devez…

— Vous y étiez ? Personne ne saura jamais ce qui s’est passé. Contre qui je me venge pour mon Jérôme ?

— Madame Hardouin, je peux peut-être vous aider, si vous savez où se trouve ce tunnel.

— On n'a jamais voulu me le dire clairement — pour m'éviter, qu'ils ont dit, des recherches macabres. J'ai fait écrire au colonel du 3e hussards par un voisin qui a son Certificat. Le colonel il a répondu comme ça qu'il ne pouvait pas répondre. Il m'a seulement donné le numéro de l'unité boche qui tenait le secteur. Je ne l'oublierai jamais : ils ont tué mon Jérôme mais c'est vous qui l'avez fait mourir. »

Elle a tout essayé avec une minutie et un entêtement d'archiviste. Elle a écrit au colonel qui n'a pas répondu ; au général qui n'a pas répondu ; au ministre qui a répondu qu'il comprenait son souci, mais que. Elle faisait par prudence adresser les lettres poste restante, en différents bureaux situés à portée d'alibis commodes ; le simple énoncé de cette précaution était souvent prétexte à des réponses évasives. Elle a tout agité, du planton à l'huissier à chaîne ; jamais ses amies de Paris, ses cousines de Compiègne ou de Laon n'ont été tant visitées. Elle était comme une balle de billard Nicolas, jeu alors en faveur dans les familles, où chaque joueur la renvoyait d'un souffle à chacun des autres qui la lui renvoyait à son tour. Ce qu'elle cherchait gisait dans le secret d'un dossier entoilé de vert, avec une sangle de même couleur, perdu parmi des milliers d'autres derrière le grillage de laiton d'une bibliothèque en acajou. Elle n'avait pas pu dépasser le poste de garde, tenu par des tringlots sales comme des clochards, qui défendait l'accès aux archives militaires.

« La division des affaires judiciaires, s'il vous plaît ? »

La courtoisie du chef de poste était à l'épreuve des balles. « C'est à quel sujet ? » Vingt fois elle avait entendu cette question, formulée sur un ton à décourager le chaland. Elle avait tenté le coup du regard de banquise. Les tringlots assommés d'alcool et de tabac y étaient réfractaires. Elle aurait pu croire que le laisser-aller de ces militaires allait lui permettre de percer au moins l'enveloppe du dispositif, quitte à échouer dans une étape ultérieure. Il n'en fut rien. Ces jeunes gens étaient autant de petits Catons, même si les fantassins laissaient entendre que lors des convois ils n'avaient pas toujours été d'une fermeté romaine. C'était pire dans l'administration civile, qui utilisait la méthode du barrage en papier. Les services lui redemandaient inlassablement les renseignements personnels qu'elle avait déjà communiqués. Quand les doubles emplois devenaient insoutenables, on pouvait toujours prétendre que les documents avaient été perdus. La frontière entre la poste et les vaguemestres était aussi sacrée que celle pour laquelle on avait subi tant de pertes. Les rendez-vous, lorsqu'on les accordait, étaient souvent interrompus pour cause de convocation chez le chef de bureau, et quelquefois le directeur. Faute de ces supérieurs, il lui fallait subir l'intrusion des collègues, où les affaires personnelles le disputaient victorieusement aux motifs de service. Elle supporta ces épreuves sans broncher, jusqu'au jour où elle reçut la lettre suivante.

Madame de Waligny
Poste restante
Esternay (Marne)
FRANCE

Hauptmann (Capitaine) Erwin Mathiassen (retraité)
Brind'Amourstrasse 8
Leipzig (Allemagne)

(Lettre traduite par mon fils, étudiant à Heidelberg.)

« Madame,

Je réponds avec retard à votre lettre adressée, par la voie militaire, "à l'officier qui commandait la 3e compagnie du 12e régiment de grenadiers saxons" pendant une action qui s'est déroulée au lieu-dit Chemin des Gâteaux, dans l'Aisne, en France, en septembre 1914.

Cette position a été très disputée juste avant la bataille de la Marne, car elle verrouillait un saillant de l'avance allemande. Des hussards français ont eu l'idée folle d'utiliser un tunnel de chemin de fer qui passe sous la position pour sortir derrière nous et nous prendre à revers. J'aurais pu leur dire que cette manœuvre était sans espoir. Les ayant entendus par une des cheminées du tunnel, nous les attendions à la sortie avec une mitrailleuse, dont le feu en enfilade dans le tunnel ne leur a laissé aucune chance. Nous avons eu celle de les exterminer tous, sauf (à en juger par le harnachement) un officier, dont nous avons retrouvé le cheval, seul et tué par ricochet, à une distance de la sortie telle que la courbe du tunnel le mettait à l'abri du feu direct. Mes hommes et moi avons eu la lourde tâche d'enterrer tout le monde, chevaux et cavaliers pêle-mêle et sans pouvoir les identifier. Nous avons supposé que l'officier manquant s'était enfui en laissant ses soldats se faire massacrer. Je regrette d'avoir à vous rapporter cet incident qui m'a ébranlé dans mon admiration pour vos hussards, que je jugeais presque égaux à nos uhlans. Il n'y avait pas d'autres officiers ; mais seulement deux sous-officiers, sans doute un pour chacun des pelotons qui participaient à l'opération. L'un de ces sous-officiers, monté sur un cheval d'un noir magnifique, à trois balzanes, a été tué sabre au clair à quelques mètres de la mitrailleuse. Il avait conduit une charge désespérée, au galop sur ce qui restait de la voie de chemin de fer, mais il était arrivé seul devant la mitrailleuse, tous les hussards qui le suivaient ayant été tués avant lui. Sa conduite rachète au paradis des soldats celle de son officier.

Veuillez croire… »

6

Elle l'avait harcelé jusqu'à ce qu'il y consentît. Mais le réchauffé ne vaut jamais la première cuisson. C'étaient pourtant les mêmes hôtels, les mêmes trains, les mêmes routes. La Suisse était encore plus riche et l'Italie encore plus pauvre. Les pâtisseries de l'hôtel des Bains, à Montreux, récemment nettoyées, éclataient de blancheur. Les cygnes étaient blancs. Comme naguère, ils leur faisaient manger les restes de pain mollet et de brioche du petit déjeuner, malgré les mises en garde du majordome. Mais c'était pour se donner une contenance et éviter d'avoir à se parler avant d'aller nager dans le lac. Il se fit mordre et eut un sursaut de douleur : elle se moqua de lui. Ce n'était qu'un début. Elle ne le lâcha pas. Les roses d'Orta furent l'occasion de lui rappeler celle avec laquelle elle l'avait giflé et griffé sans qu'il se rebiffât. À Arona, saint Charles Borromée du haut de ses trente-cinq mètres les bénit de sa main de bronze : à vingt-deux ans, il était déjà archevêque de Milan. Qu'était son mari au même âge ? Stresa, Baveno, les îles où elle avait autrefois fait semblant de l'aimer n'étaient là, sous les sanglots du climat insubrien, que pour rappeler ce qui n'avait jamais été. Ces lieux où les générations avaient épanché leurs sentiments n'étaient que la fosse commune des illusions perdues et des cœurs desséchés. Ils firent en calèche la promenade de Pallanza. Elle s'y était préparée. « C'est ici qu'est né *votre* général Cadorna, dit-elle.

— Je n'ai jamais été sous les ordres de ce général de fuyards.

— Mais c'est vous qui me chantiez :

Il general' Cadorna
Si mangia le bistecche —
Ai poveri soldati
Ci dà castagne secche…

— Nous avons couru ramasser les restes après Caporetto.

— Ah ! Vous étiez les sauveurs, les héros !

— Nous n'avons pas été mal reçus.

— Par les dames italiennes ? Vantard !

— Je vous suis resté fidèle.

— À quoi bon, si je ne l'étais pas ?

— Rien ne vous y obligeait alors. De mon côté, c'était un point d'honneur.

— Elles étaient donc si laides ?

— Elles étaient charmantes. Regardez autour de vous.

— Je ne vois que des femmes mafflues et olivâtres, avec des poils partout.

— Vous voyez mal. Avant trente-cinq ans, ce sont

les plus belles d'Europe. Vous devriez avoir honte de cette jalousie rétrospective.

— Écoutez-moi, Monsieur de Waligny. Si vous me prenez à être jalouse de vous, ne serait-ce qu'une seule fois, je vous permets de me tuer. Procédure à votre discrétion.

— Pistolet, strangulation, noyade ?

— *Ad libitum*, répondit-elle. Allons nous baigner. »

Ils eurent un moment de bonheur dans l'eau tiède du lac. Les hostilités recommencèrent aussitôt après le thé pris sur le Corso.

« Faites-moi visiter le théâtre de vos exploits.

— Que de grands mots !

— Je fais de l'ombre à votre modestie ? Quoi de plus naturel à une femme que de vouloir visiter les champs de bataille où s'est illustré son mari ?

— Nous en sommes loin, et je n'avais pas prévu…

— Mon ami, l'argent n'est rien, comme disent ceux qui en ont trop.

— Vous voilà bien terre à terre. Je pensais au tintouin des trains italiens. Ils partent à l'heure où doit arriver le train suivant. On dit que seul Mussolini pourrait les rendre ponctuels.

— Mussolini ! Cet agité sans avenir ?

— Les trains ne se sont pas remis des fatigues de la guerre. Savez-vous que la "fatigue de guerre" est une décoration italienne, et que je l'ai reçue ?

— Mon ami, j'ai toujours su que vous étiez poète, comme tous les vantards.

— Ces choses-là ne s'inventent pas.

— Cessez de me raconter vos faits d'armes, et

emmenez-moi à Venise. De là nous irons contempler vos victoires.

— On y va par Trieste, pas par Venise.

— Ah ! dit-elle. Encore le général Cadorna :

Il General' Cadorna
Ha scritto alla regina :
Se vuoi veder' Trieste
Te la mando in cartolina…

— Après Caporetto, les soldats brocardaient leur commandant en chef qui avait perdu Trieste.

— Vous avez un faible pour les battus. Trieste ou pas, emmenez-moi à Venise. C'est notre dernière chance. »

Venise ne fonctionna pas. Une chaleur de plomb fondu tombait du ciel d'été. À la Locanda San Pantalon, où ils logeaient non loin des Frari, elle découvrit sous leur lit un gros cancrelat qui s'envola lourdement avec un bruit d'oiseau blessé. On y faisait sa toilette à l'eau froide dans une cuvette qui basculait au-dessus du seau d'eau sale à travers un plateau de marbre. Les nécessités étaient à l'avenant. Ces incommodités excitaient chez elle une joie mauvaise. En entrant à l'École Saint-Georges des Esclavons, elle annonça qu'elle n'aimait pas Carpaccio ; le dragon l'assommait avec ses écailles qui le faisaient ressembler à un tank et le feu qu'il crachait qui le faisait ressembler à un lance-flammes. Saint Georges lui-même, avec son armure noirâtre, avait l'air d'une grande langouste. À l'Accademia elle se plaignit des coloris du Tintoret, qu'elle trouvait « mauvâtres », et de la surpopulation de Vierges à l'Enfant qu'elle jugea, haut et fort, menaçante pour l'unicité du Fils de l'Homme. Elle décida que Venise n'était pas une ville d'art, mais une sorte de stade où, à travers quatre cents ponts, on pouvait dépenser en marchant l'énergie qu'on n'avait pas épuisée en affrontements conjugaux. Seule trouva grâce à ses yeux l'église San Nicolo dei Mendicoli, parce que le curé était joli garçon. Elle lui fit compliment pour le charme étrange de son église, le mélange des styles où le byzantin le disputait au baroque, et le campanile que les vêpres firent tinter d'un chant grêle. Elle abandonna Waligny un jour entier, sans explication. À la gare de Sainte-Lucie, elle prit un fiacre jusqu'à Mestre. C'était le contraire de Venise. Des usines noires, aux verrières cassées, entourées de terrains vagues, y fourmillaient d'activité parmi les logements populaires, construits à la va-comme-je-te-pousse avec des blocs de ciment brut et des panneaux de tôle rouillée. Elle trouva ce qu'elle cherchait dans une petite maison située au fond d'une impasse à côté d'une faïencerie, à l'association des Combattants du Frioul et de la Vénétie Julienne.

« Allons à Feltre, à Vittorio Veneto, sur le Tagliamento, sur le Piave. Je veux vous voir reconnaître les villages où vous avez tiré le canon. Nous y sommes presque. Vous ne me refuserez pas cela.

— Vous seriez déçue. Je ne suis pas certain de reconnaître quoi que ce soit. Il y a eu de grandes destructions.

— Vous seriez bien le seul soldat à ne pas vouloir revoir les endroits où il s'est battu.

— Ne me disiez-vous pas que j'étais unique ?

— Je n'aime pas vos faux-fuyants.

— Mon amie, je n'ai aucune envie de vous montrer des lieux où je n'ai pas été heureux. Pouvez-vous comprendre que je regrettais la cavalerie ?

— Vous changez vos raisons.

— D'ailleurs, quels lieux ? Dois-je vous rappeler que l'artillerie de campagne, c'est à la campagne ? Les positions sont où on a besoin des canons, à deux pas des premières lignes toujours en mouvement. Nous avancions et reculions sans cesse entre l'Isonzo et le Piave. Comment pourrais-je m'y retrouver, hors des routes et des chemins tracés ? Voulez-vous que je vous traîne dans les champs, à la recherche de mes souvenirs ? Enfin, je n'étais pas à Vittorio Veneto.

— Pas à Vittorio Veneto ! Privé de la victoire ?

— J'étais au repos à Trévise.

— Au repos pendant des moments pareils !

— Ma chère, les hasards des combats. Il arrive qu'on s'y repose.

— Des fatigues de guerre ? Je comprends maintenant pourquoi vous appréciez tant le général Cadorna. »

7

Elle le trouva un matin chaussé de sabots, en train de bêcher les rosiers.

« Mon ami, avec votre vieux dos de cavalier, vous allez prendre un tour de reins. Et ces sabots vous donnent l'allure d'un croquant.

— La journée commence bien, dit-il. Trois vacheries en deux phrases.

— Je me demandais quelle mouche vous pique, à jouer les paysans.

— C'est le moment d'aérer les massifs, si vous voulez qu'ils vous fassent jusqu'à la fin de l'été.

— Je ne connais rien aux fleurs, sauf recevoir des bouquets, dit-elle. J'ai bien remarqué que les vôtres se faisaient rares. Mais je croyais que c'était le travail de M. Maurice.

— M. Maurice ne viendra pas.

— Il est souffrant ?

— M. Maurice ne viendra plus.

— Comment ! Et notre beau jardin ?

— Je vais devoir m'en occuper. Cela me distraira de vous et me fera prendre l'air.

— Vous n'y arriverez pas. Comme ils disent, c'est trop ouvrageux. » Elle embrassa le jardin d'un geste. « Si je comprends bien, nous n'avons pas assez vendu de l'héritage de Madame Mère. Il en reste trop. »

En effet il restait bien trois quarts d'hectare, en trois niveaux, sous la terrasse à l'italienne embalustrée de grès ocre. Madame Mère avait consacré une extravagance dont elle n'avait pas le premier moyen à surpeupler le jardin d'une végétation foisonnante, dont la plantation et l'entretien n'avaient pas peu contribué au passif de sa succession. Un long tunnel de chèvrefeuilles, flanqué d'un fouillis de fleurs vivaces, donnait accès à la roseraie. Des centaines d'arbustes éclosaient au hasard d'échelonnements incertains dans ce que mère et fille appelaient « mes deux arpents ». Cette mesure *a minima* les avait aidées dans la négociation des gages de M. Maurice.

« M. Maurice voulait une augmentation, et vous vous êtes querellés ? demanda-t-elle.

— C'est beaucoup plus grave. M. Maurice commence à trouver votre fille aînée à son goût.

— Hippolyte ! Elle a cinq ans !

— Il n'est jamais trop tôt pour mal faire. La jeune personne m'a raconté sans déplaisir que M. Maurice "regardait dessous d'un drôle d'air" quand elle s'asseyait dans l'herbe pour le voir travailler. Nos filles aiment le jardinage.

— Vous aurez mal compris. M. Maurice, un vieux compère qui communie le premier vendredi du mois !

— Ma chère Aella, depuis la guerre, même les curés s'intéressent à ce qu'on voit sous la jupe des petites filles. La seule différence avec votre M. Maurice est qu'on ne peut pas les mettre à la porte. C'est fait pour M. Maurice. Si vous ne me croyez pas, interrogez la jeune personne.

— Vous êtes fou, Waligny.

— Ou elle confirme, et c'est une future Messaline, ou elle nie, et c'est une affabulatrice. Dans les deux cas elle a de qui tenir.

— Vous n'aimez pas Hippolyte.

— Mon amour pour elle est à la mesure des incertitudes que j'entretiens sur ma paternité.

— Hugo !

— Tiens ! Mon prénom ?

— Vous pourriez engager un autre jardinier.

— Croyez-vous qu'une retraite de petit capitaine suffise à soutenir votre train de maison ?

— Nous y voilà. Vous avez inventé cette métamorphose de M. Maurice en satyre pour remettre mes dépenses sur le tapis. Je vous avais pourtant prévenu que j'étais chère.

— Vous m'êtes chère. »

C'est à cette époque qu'elle commença à se refuser. L'ambiance de cavalerie qui subsistait entre eux avait jusqu'alors donné à leurs transactions charnelles une verdeur pimentée de violence. Il se plaignit de ne plus accéder comme il voulait au « triangle fatal » : ainsi désignait-elle ce qu'elle lui disputait en prenant soin de le laisser douter qu'il en eût l'exclusivité. Elle aménagea la progression des prétextes, du sérieux au futile, de façon à aiguiser le supplice parfois interrompu de furieuses câlineries. Les grands classiques y passèrent, de l'indisposition qui naguère ne la gênait pas, aux conditions d'argent qu'elle posait tout en disant qu'elle n'était pas à vendre. Elle invoqua entre eux la survenance d'un malaise qui la retenait d'autant plus de se livrer qu'elle en était l'auteur.

Une nuit où il parvint à lever sa chemise, et à découvrir entièrement les puissantes jambes d'amazone qu'elle fit mine d'entrouvrir, elle coupa court en déclarant à brûle-pourpoint qu'« elle aimait mieux Jérôme », sur quoi il essaya vainement de la forcer ; dans la lutte il se répandit sur elle. Elle ricana ; il la battit.

« Je pense que c'est une question de volume, dit-elle quand les coups la laissèrent respirer. Je vous trouve fluet pour l'idée que je me fais de l'homme. »

Les coups reprirent.

« Vous avez raison de cogner, haleta-t-elle. C'est la seule réponse convenable. Mais pour bourrer une femme, ça ne vaudra jamais Jérôme. »

Quand il fut calmé, elle parla de Jérôme. Chaque mot était un coup de pied au ventre. Jérôme avait des yeux de loup, une bouche de fouine à pomper le sang, des mains de bûcheron pour la forêt et d'orfèvre pour ouvrir le haut du bas, des mots de seigneur pour donner des ordres auxquels elle obéissait servilement, les genoux en eau. Elle ne fit grâce d'aucun détail. Jérôme commandait : « Ici tout de suite ; lève tes jupes ; à genoux ; en chienne ; écarte avec tes mains. » Il venait de nuit la siffler sous sa fenêtre, sans la prévenir. Elle s'échappait comme un voleur, le cœur aux dents, guettant avec terreur les craquements de l'escalier, les ronflements de Madame Mère, les petits cris du chien qui rêvait devant la cheminée. À peine étaient-ils montés dans la carriole qui les attendait derrière le parc, qu'il lui mettait la main sous les jupes en l'inondant de la salive de ses baisers. Parfois, elle le soulageait séance tenante, afin qu'il fût moins pressé pour ce qu'elle appelait en riant l'« événement principal », qui ne devait avoir lieu que chez lui. Affaire faite, il la reconduisait au château, un peu moulue, moite, la tête pleine de cloches. Elle pleurait à s'étouffer dans son oreiller.

« Vous pleuriez ? Vous ? »

Elle porta l'estocade : « Je pleurais — moi ! — parce que je savais qu'il n'y avait d'avenir qu'avec vous. »

C'était un cambriolage. Elle s'y résolut alors qu'elle n'eût auparavant jamais osé violer le saint des saints. Les deux fillettes avaient reçu le fouet pour avoir tenté d'y pénétrer. Il y passait des heures chaque jour, en occupations sur la nature desquelles il restait évasif. Il classait des documents. Quels documents ? — De famille, et militaires. Écrivait-il ses mémoires ? Des mémoires, avait-il répondu, alors que la mienne est si mauvaise ! Au surplus, rien dans son passé n'en était digne. Il y avait bien quelques belles photos de vénerie et de guerre, qu'il songeait à détruire car les unes lui rappelaient des joies perdues à jamais, et les autres des horreurs qu'il s'efforçait d'oublier. La sécheresse des réponses avait découragé les questions. Elle choisit son jour, acheta un passe-partout au serrurier du village en prétextant la perte d'une clé, et entra. La pièce sentait le tabac froid et le vieux tapis vert. Au-dessus du fauteuil de maître, des supports munis d'andouillers de cerf portaient deux trompes de chasse à virole d'argent, frappées aux armes des Waligny. Les murs étaient tapissés de pieds de cerf, de sanglier et de chevreuil reçus comme honneurs lors de chasses où, sans doute, il avait brillé. Au-dessus de la cheminée, un long couteau de vénerie, qu'une plaque dédicatoire désignait comme cadeau du comte, « avec son amicale considération en saint Hubert », évoquait la part prise par Waligny dans ce carnage. Elle frissonna. Des ruisseaux de sang avaient été le prix de ces ornements : qu'était-ce en regard des océans répandus par la guerre ? La bibliothèque, qu'elle reconnut comme ayant appartenu à son père, était remplie d'ouvrages de vénerie ; de nombreux marque-pages attestaient une lecture attentive. Il en allait de même des livres posés sur le bureau, consacrés au rôle de la cavalerie dans la bataille de la Marne et à la campagne d'Italie sous le général Fayolle. Elle fouilla dans les tiroirs et la bibliothèque sans trouver ce qu'elle cherchait. Un semainier visité avec soin ne lui livra rien. Elle aperçut un petit coffre-fort sous une table de tric-trac. Elle tourna la poignée de la porte du coffre, qui s'ouvrit. Il contenait les papiers militaires de son mari. Quatre mots lui éclatèrent à la figure.

La dévotion s'était installée en force. Les premiers signes étaient apparus peu de temps après la démobilisation. Il lui arrivait de parler du Seigneur, avec onction, au détour d'une conversation absolument profane. Il en allait parfois ainsi des discussions d'argent. Le Seigneur préférait les pauvres qu'ils étaient en train de devenir aux riches qu'étaient redevenus leurs amis. C'était donc une vertu que de ne pouvoir les accompagner dans leur faste, et un louable mépris des biens de ce monde que de laisser le château à l'abandon. Il communiquait dans le Seigneur avec les âmes de ses camarades tués à l'ennemi. Il ne renonça pas aux sarcasmes de cavalier dont il brocardait le clergé : le Seigneur n'avait jamais aimé la calotte. Mais il y eut un tour de vis dans les minuties de la religion. Lorsque vint, avec l'âge de raison précoce de la petite Hippolyte, le temps de préparer sa première communion, dite « privée », il entreprit de faire modifier le registre paroissial pour y changer le nom de l'enfant, qu'il jugeait païen : c'était celui de la Reine des Amazones dans la mythologie grecque. Le sacristain soutint que le saint masculin, aux mérites éclatants, ferait parfaitement l'affaire. Il en résulta une querelle dont Waligny profita pour réduire sa contribution au denier du culte. L'approche de l'événement fournit un autre motif de discorde. Waligny blâma sa femme de ne jeûner que deux heures avant la communion, ce qui permettait de manger un morceau après lever, mais causait un brassage digestif sacrilège. Il en appela aux pères de l'Église contre les casuistes pour exiger un temps de jeûne qui permît une transformation complète des aliments en chyle, épargnant ainsi tout voisinage impur à la substance sacrée. Elle en rit, et proposa l'usage de noix vomique pour assurer une évacuation canonique. Il chapitra mère et fille sur l'interdiction de mâcher l'hostie au lieu de la faire fondre sur la langue avant de l'avaler, et sur les risques encourus par les malheureux que l'inadvertance d'une incisive ou d'une molaire pouvait condamner au feu éternel. Il tenta de mettre l'Église au service des obligations du conjungo. Elle rétorqua en rappelant à quel point l'Église exaltait la virginité, et se dit prête à renouveler la conciliation de ce saint état avec la maternité. La pudibonderie envahit la maisonnée bien qu'elle fût absente jusque-là de ce qui restait de leurs rapports intimes. Un jour qu'une fille de ferme, encornée au bas-ventre par une vache, avait parcouru le village en levant ses jupes pour montrer ses blessures, il avait été se plaindre au curé.

Il avait rétabli la prière du soir en mémoire de la vicomtesse douairière sa mère. Le rituel était immuable et précis. On se réunissait dans la chambre de Madame avant le coucher des fillettes. La cuisinière et la femme de chambre étaient fermement conviées. La petite assemblée se mettait à genoux, les Waligny sur des prie-Dieu, les filles et les domestiques à même le carrelage, pénitence dont les parents et maîtres étaient exonérés en raison de leur statut. On commençait par l'invocation des saints patrons ; puis venait une longue suite de prières ; on concluait avec le « Souvenez-vous », où Hippolyte entendait dans le « gémissant sous le poids de mes péchés » un étrange « j'ai mis cent sous… », affaire à saisir pour ce qu'elle savait être le prix de ses iniquités.

La chose alla le plus catholiquement du monde

jusqu'au jour où Madame interrompit la litanie pour demander qu'on invoquât saint Jérôme et sainte Prudence.

« Saint Jérôme ! » Monsieur se leva en renversant le prie-Dieu.

« Il fait partie de nos morts, dit-elle. Quant à sainte Prudence, comme son nom l'indique c'est la patronne des lâches, et il y a quelqu'un ici qui vit sous sa protection. »

Vêtu comme un jardinier, avec un tablier bleu, des sabots et des gants de cuir, il était occupé à couper les roses fanées. Les deux fillettes arrivèrent en sautillant et en se tenant par la main pour le regarder travailler. Un court orage de canicule avait couché les fleurs trop hautes et fait sortir les limaces.

« C'est rigolo, les limaces. Ça fait squich-squich quand on appuie dessus.

— Ça fait pas squich-squich, ça fait glich-glich.

— Squich-squich.

— Non, glich-glich .

— Mon papa, qu'est-ce que ça fait, une limace, quand on marche dessus ?

— On ne marche pas sur les limaces, Mademoiselle. C'est cruel.

— Mais, mon papa, vous nous avez dit qu'elles mangent les fleurs, et vous leur donnez du poison.

— Ne soyez pas raisonneuse. C'est sale de marcher dessus.

— C'est cruel, ou c'est sale ?

— Les deux.

— Quelquefois vous mangez des escargots : c'est sale ?

— Si vous raisonnez, vous aurez le fouet.

— Mon papa, qu'est-ce que c'est qu'un lieutenant-fourrier ?

— C'est un monsieur qui range les choses dans un magasin pour — mais où avez-vous appris ça ?

— C'est notre maman qui nous en a parlé.

— Votre maman se mêle de ce qui ne la regarde pas. »

Elles sont revenues avec une brassée de questions, alors qu'il arrosait les fleurs. À l'arrosoir qu'il fallait porter du puits jusqu'aux quatre coins du grand jardin, c'était une rude corvée qu'il aurait mieux fait de laisser à M. Maurice malgré son penchant à regarder sous les jupes. L'été était sec ; les hortensias avaient soif ; leurs feuilles flapies pendaient d'un air déjeté ; celles des pommiers, ratatinées et pleines de pucerons, ressemblaient à une salade fatiguée ; les rosiers perdaient les leurs qui avaient le noir et jonchaient les massifs d'une litière empoisonnée. Il transpirait sous le chapeau de paille qui complétait son accoutrement.

« Mon papa, dit Hippolyte, nous sommes venues vous aider. Vous sentez fort le chaud.

— Une petite fille bien élevée ne fait pas de remarques personnelles.

— Vous êtes mignon avec vos moustaches et votre grand chapeau. Dites-nous ce que nous devons faire pour vous aider. »

Sur sa réponse, elles prirent les seaux et les arrosoirs de leur jardinette et accompagnèrent les gestes de leur père. Elles imitaient son ahanement et sa démarche de porteur d'eau. Puis :

« Dites-nous si vous aimez toujours bien notre maman.

— Ce ne sont pas des questions qu'on pose. »

Hippolyte savait déjà se venger d'une rebuffade. « Mon papa, qu'est-ce que c'est qu'un dégonflé ? »

Il ne répondit pas. Et Hippolyte, dans l'air immobile et torride, comme si le jardin retenait son souffle : « Mon papa, qu'est-ce que c'est qu'une jolie guerre ?

— Il n'y a pas de jolie guerre, mon enfant. Toutes les guerres sont laides et vilaines.

— Parce que notre maman nous a dit que vous n'aviez pas fait une jolie guerre.

— Elle ne sait pas de quoi elle parle.

— Elle nous a dit qu'elle connaissait quelqu'un qui en avait fait une très jolie, et même très belle, de guerre.

— Allez prendre votre tub. Il est tard, c'est l'heure. »

La confrontation éclata pendant que la femme de chambre baignait les deux petites.

« Qu'avez-vous été empoisonner l'esprit de nos filles avec cette affaire de lieutenant-fourrier ? D'où l'avez-vous sortie ?

— Pardonnez-moi, dit-elle. J'avais oublié votre promotion. Vous avez gagné en Italie vos trois ficelles de capitaine d'habillement, mazette ! Quel combat ! Quelle canonnade ! Les Autrichiens n'avaient qu'à bien se tenir. Après sainte Prudence, la sainte des lâches, voilà saint Crépin, le patron des cordonniers !

— Je peux tout expliquer..., bredouilla-t-il.

— Vous m'expliquerez Jérôme, que vous avez abandonné après l'avoir envoyé à la mort ? »

La dignité des manières était chez les Waligny une règle de fer, une règle du clan. C'est pourquoi on célébra comme si de rien n'était l'anniversaire du chef de famille. La tradition imposait une messe aux premières heures, par esprit de mortification. Hippolyte et Hellé étaient de la partie. On les emmena les yeux gonflés de sommeil, nourries d'un rond de pain sec et d'une barre de chocolat noir. Elles supportèrent ce traitement sans broncher, car on leur avait rappelé que ce jour-là il y aurait retour de cadeaux pour autant qu'elles en donnent un à leur père. Ils traversèrent le village endormi où chantaient les premiers oiseaux chassés de leurs platanes par la lumière grise et fraîche de l'aube.

La belle église romane attirait les visiteurs depuis Paris. Le sacristain qui faisait office de guide gazait avec pudicité sur les scènes d'infernale luxure que les connaisseurs recherchaient dans certains chapiteaux. Ce n'était pas ce qu'on montrait aux enfants. Hippolyte était fière de lire son nom sur les plaques de cuivre par lesquelles étaient signalés, à côté de ceux de sa mère, la chaise et le prie-Dieu qui lui étaient réservés au premier rang de la nef. On regardait de haut ceux qui n'avaient droit qu'au transept. L'heure matinale n'empêcha ni les intentions aux notables qui payaient les messes, ni l'eulogie de M. le Vicomte commanditée par son épouse à l'occasion de son anniversaire. Le curé fut prolixe sur ses états de service. Hussard en Picardie, artilleur dans le Frioul, sa gloire avait illuminé la défense de la croix contre l'envahisseur teuton. On ne lui tenait donc pas rigueur de la portion congrue à laquelle il venait de réduire ses dons au denier du culte. Il n'est pas sûr qu'il remarqua deux zigomars en trench-coat et chapeau mou, dont l'un était muni d'un appareil photographique, qui faisaient le pied de grue dans le fond de l'église, devant la grande porte.

En cette heure encore si proche de laudes, il n'était pas question de mondanités à la sortie, comme après la dernière messe du dimanche matin où les châtelains faisaient semblant de saluer les bourgeois. Ils s'apprêtaient à descendre les marches quand Hippolyte, qui se rappelait le baptême d'un cousin, demanda d'une petite voix polie si on allait jeter des dragées.

« Ne soyez pas un glouton, dit-il. On ne ramasse pas des bonbons par terre : c'est sale. Laissez-ça aux enfants du peuple.

— Ah ! Parce que les enfants du peuple ont le droit d'être sales ? Comme ils ont de la chance ! dit Hippolyte.

— Mademoiselle la raisonneuse, vous serez privée de cadeau. »

C'est à ce moment-là qu'il fut aveuglé par un éclair de magnésium.

Chez les Waligny, il était de bon ton de mal manger. On jeûnait carême, quatre-temps et vigiles. Mais la différence était mince entre ces jours de pénitence et les jours gras : l'économie et la religion, réconciliées, y trouvaient leur compte. En ce jour de fête on eut droit à du gâteau de riz, que personne n'aimait. Hippolyte fit contre mauvaise fortune bon cœur en écrasant avec sa fourchette l'entremets gluant dans son assiette, et en accompagnant cette procédure d'une onomatopée qui lui avait plu : « Squich-squich », à quoi sa sœur, en faisant de même, répliqua « glich-glich ». Père et mère se regardaient sans se voir. Il n'y eut pas de réprimande. Hippolyte, punie, n'avait plus rien à perdre. Elle en profita pour se faire justice.

Vint l'heure des cadeaux, après le déjeuner, dans le grand salon. Hippolyte avait dessiné un portrait de son père, en militaire, avec tunique, képi, mais sans sabre. Le cheval qu'il montait, juché sur ses jambes figurées d'un trait, ressemblait à une araignée à quatre pattes. Le visage de Waligny se figea lorsqu'il s'avisa que le cavalier tenait à la main un pantalon rouge et une paire de chaussures. La légende était tracée d'une main maladroite, avec une orthographe enfantine : « Le Lieu Tenant fourié foure tout dans son fourtou. »

« Vous n'avez pas inventé ça toute seule ! »

Il ouvrit le lourd paquet que lui tendait sa femme, noué d'un ruban doré. Il y trouva son revolver d'ordonnance, chargé, reposant dans sa graisse sur un nid de papier de soie.

8

« Nous avons une bonne photo de lui devant le porche de l'église.

— Parfait pour un officier clérical, dit le rédacteur en chef. Il était aux Inventaires * ?

— Oui, répondit Shapiro. À Alençon. Sous-lieutenant, régiment Chamborant. Ami du prince de Broglie, chasse en forêts d'Écouves et de Perseigne. Il refuse de prêter main-forte à l'ouverture d'un tabernacle : trente jours d'arrêts de rigueur.

— Qu'est-ce qu'ils allaient chercher dans les tabernacles ?

— Ils pensaient qu'on y trouverait un trésor caché, dit Shapiro.

— Quels cons ! Mais quels cons ! s'exclama le rédacteur en chef.

— N'oubliez pas qu'ils étaient de notre côté. D'ailleurs il y *avait* un trésor caché.

— Très drôle, dit le rédacteur en chef. Et ensuite ?

* Après la séparation de l'Église et de l'État, le gouvernement fit faire un inventaire des biens de l'Église. La troupe fut employée pour vaincre les résistances.

— Garnisons diverses. Il est lieutenant au 3e hussards en 1911. États de service magnifiques. En 1914, il est sur le point de passer capitaine au très jeune âge de vingt-neuf ans.

— C'est encore la paix : il suffisait de savoir monter à cheval.

— Pas tout à fait », intervint Salaberry, le troisième larron. « Il y fallait le sens des armes, l'art du commandement, et une endurance à toute épreuve. Ce n'était pas un travail de demoiselle comme aujourd'hui. Il y avait des chevaux.

— La suite a prouvé que ce n'était pas assez pour faire un soldat, répliqua le rédacteur en chef.

— Vous êtes dur.

— Ne le plaignez pas : c'est mauvais pour votre enquête. Mais il faut élargir l'objet. Le cas Waligny, c'est le côté humain, la petite famille déshonorée, les enfants qui pleurent. C'est bon à prendre, mais ça ne suffit pas. Pour la politique, nous devons aller plus loin. Il me faut un état des sentences de mort prononcées par les cours martiales depuis leur création au début de la guerre jusqu'à leur suppression en 1916. Vous allez me dénicher trois catégories d'affaires, notez bien, premièrement les cas patents d'erreur judiciaire, deuxièmement ceux où la sentence est clairement disproportionnée aux motifs, enfin les fusillés pour l'exemple. J'ai l'intuition que ceux-ci sont beaucoup plus rares que nous ne l'avons dit. Mais on peut y ranger pour faire nombre les cas extrêmes de motifs futiles ou douteux. Ne soyons pas regardants. Vous me donnerez l'origine sociale des condamnés.

— Ces dossiers sont secrets pendant cent ans.

— Vous trouverez des informations moyennant finances chez les petits gradés et les ronds-de-cuir civils.

— Quel genre de finances ?

— Disons cent francs par bon tuyau.

— C'est chiche.

— Ce sont des gens de rien pour qui c'est une fortune.

— Ce n'est pas cher pour emmerder les nostalgiques de la Chambre bleu horizon. »

Ils revinrent trois jours plus tard avec les renseignements.

« Excellent, dit le rédacteur en chef. Les petits sont fusillés, les gros s'en tirent.

— Pour l'incident crucial, nous n'avons que la parole de sa femme, dit Salaberry.

— Elle a promis de nous montrer des témoignages écrits, dont une lettre qui ne laisserait aucun doute, corrigea Shapiro.

— Tiens, dit le rédacteur en chef, pour une fois qu'on me donne les sources, c'est vaseux.

— À défaut de preuve écrite, nous avons des présomptions, dit Shapiro. L'asile militaire de Dijon, les affectations comme fourrier puis capitaine d'habillement… ça ne vaut pas un bon suicide, mais on ne peut pas tout avoir.

— Les présomptions sont l'enfer des enquêtes, dit le rédacteur en chef.

— Le conditionnel n'est pas fait pour les chiens, dit Shapiro.

— Tout ça manque de sang, dit le rédacteur en chef. Quand même, cette dame…, comment l'appelez-vous ?

— Aella de Castellblanch, femme Waligny.

— Joli nom. Mais quand même, cette dame, c'est un drôle de numéro.

— Je ne suis pas certain qu'elle aime beaucoup son mari », dit Shapiro.

« Mes enfants, dit le rédacteur en chef, il va falloir apprendre à monter un dossier. Je n'ai pas envie de faire massacrer le journal à coups de dommages et intérêts. Votre affaire, c'est du bouillon de poule.

— De poule mouillée, dit Shapiro.

— Ha ! Ha ! ricana le rédacteur en chef. En fait, qu'avons-nous ? Le récit d'une épouse hostile qui dit avoir mené son enquête mais n'apporte aucune preuve. Deux lettres qu'elle refuse de montrer après l'avoir promis. Un livret militaire que nous n'avons pas vu. Une vague vraisemblance de l'idée qu'on a indûment protégé les officiers dits "de tradition", une expression qui ne veut rien dire. Tant que vous n'aurez pas accès au dossier de la belle dame, je ne publie rien.

— Comment savez-vous qu'elle est belle ?

— Un instinct flaireur, dit le rédacteur en chef. Elle a la férocité d'une certaine espèce de belle. Cet assassinat moral ne va pas avec un physique ordinaire. Vous avez déjà vu un carnassier moche ?

— Oui. Une hyène. Au zoo, dit Shapiro.

— Nous avons du nouveau, dit Salaberry. Vos gens de rien à cent francs l'information ont déniché que

Waligny avait présidé une cour martiale en septembre 1914, pendant les derniers jours de la retraite. Condamnation à mort pour abandon de poste devant l'ennemi. Ça éclaire le personnage.

— Sentence exécutée ?

— Séance tenante, dit Shapiro. Sans recours, sans trêve, ni merci, conformément au décret.

— C'est bon pour le pittoresque, dit le rédacteur en chef, mais ça n'ajoute rien au fond.

— Il n'est pas sans intérêt qu'il ait échappé à ce qu'il avait infligé auparavant.

— Ça meuble, mais ça ne nourrit pas le dossier.

— Qu'est-ce qu'on fait ? demanda Salaberry.

— On a refusé de vous montrer des preuves écrites, ce qui signifie peut-être que la dame songe à battre en arrière. C'est donc un cas d'urgence. Il faut tenter une percée en force. Vous vous présenterez chez les Waligny sans rendez-vous. Vous courez la chance que cette intrusion provoque une situation inédite, que sais-je, une explosion du ménage, l'effondrement des résistances.

— Ou peut-être…

— Ou peut-être. On verra. »

9

Il s'était remis à monter Astrolabe, son dernier cheval de service, qu'il avait acheté à la remonte pour une bouchée de pain, et qui ne valait pas plus.

« Laissez-moi retrouver un peu de mes joies d'antan. »

La réponse avait fusé : « Chacun son affaire, n'est-ce pas ? Certains allaient à la charge. D'autres vont se promener. »

Il parcourait les bois mitraillés, encombrés de troncs abattus et de branches cassées à la pourriture précoce, peu propices aux grandes allures des chevaux et à l'envol des rapaces qui les précédaient autrefois. C'étaient des sorties de petit vieux, d'un trot aux posers raides et mal assurés, entrecoupés de brefs galops. On ne ressuscitait pas Diamant Noir.

« Garder Astrolabe, quelle dépense ! Je me prive pour vous permettre de faire votre persil.

— Depuis le départ de M. Maurice, qui arrondissait ses gages en s'en occupant, Astrolabe ne coûte plus rien.

— Comment ! L'avoine, la paille, le maréchal, le vétérinaire…

— Je le soigne moi-même, dit Waligny. Je lui ai posé les feux sans faire venir cet âne de Magloire.

— Astrolabe est une vieille carne, dit-elle, et cela ne peut qu'empirer avec l'âge. On dirait un catalogue d'art vétérinaire. J'aurai assez entendu parler de molettes et de vessigons.

— Je lui ai mis les feux : c'est fini.

— Vous vous souciez moins des maladies de vos filles.

— Quant au maréchal, comme je monte peu, ce n'est pas grand'chose : huit ferrages par an. »

Il se résigna.

« Quatre cent dix kilos ! Vous plaisantez, s'était esclaffé le chevillard en palpant la croupe d'un air dégoûté. N'y a que de la mauvaise graisse, de la tripaille et des os. C'est un cheval qui n'a pas de viande. » Pour le poids, la bascule municipale avait joué les juges de paix, mais l'homme restait intraitable sur la mauvaise répartition. On avait conclu en rabattant de 30 % par rapport au poids basculé.

Waligny voulut monter son cheval une dernière fois avant de le faire tuer.

La grille d'entrée était munie d'une cloche à l'ancienne, avec jupe en bronze et battant de fer forgé. Les visiteurs s'y prirent par trois fois avant d'obtenir une réponse. La femme de chambre sortit pour voir, les yeux rouges et la goutte au nez, car elle venait de recevoir ses huit jours. La conciergerie ne faisait pas partie de son service, et sa mauvaise humeur n'en laissa rien ignorer aux deux compagnons.

« M. de Waligny ?

— Il n'est pas là.

— Madame, alors ?

— Je vais voir. »

Elle s'éloigna, en les laissant sur la route. Dix minutes passèrent. La femme de chambre reparut.

« Madame n'est pas là non plus.

— Mademoiselle, dit Shapiro en lui tendant une pièce, elle ne serait pas là pour dix francs, par hasard ?

— Madame n'y est pas, ni pour cent ni pour mille », dit la femme de chambre en empochant la pièce.

Shapiro s'assit sur une des bornes de la grille. « Nous l'attendrons.

— Vous risquez d'attendre longtemps.

— Nous ne sommes pas pressés.

— Jusqu'à la nuit, jusqu'à demain matin, peut-être, dit la femme de chambre.

— Nous dormirons dehors. Il fait beau. »

La femme de chambre tourna les talons. Ils entendirent les éclats d'une altercation de femmes, et la porte du château donnant sur le perron s'ouvrit, laissant passer Mme de Waligny.

« Monsieur Shapiro, dit-elle. Je ne vous attendais pas, et je ne suis pas sûre de pouvoir vous recevoir ici. Ce n'est pas le lieu où poursuivre nos conversations.

— Nous voulions voir les pièces écrites et rencontrer M. de Waligny.

— M. de Waligny est à cheval. Il ne me dit jamais quand il reviendra.

— Ce n'est pas prudent.

— De quoi vous mêlez-vous ?

— Madame, dit Salaberry, nous parlons à travers cette grille comme dans un parloir de prison. Nous serions tous les trois mieux à l'aise si vous nous laissiez entrer.

— On ne s'invite pas chez moi.

— Madame, reprit Shapiro, c'est vous qui nous avez lancés sur une piste que nous ne cherchions pas. Cette affaire ne nous appartient plus, et elle vous dépasse. Elle soulève la philosophie de la guerre et la mémoire qu'en auront les Français.

— Pas de chantage à la France, Shapiro.

— Je parlais du peuple.

— Pas de grands mots.

— Nous ne pouvons pousser notre enquête sans votre concours.

— J'ai changé d'avis.

— Avec nous, vous savez où vous allez. Vous pouvez calibrer vos informations. Avec d'autres…

— Notre dernier entretien m'a montré où vous vouliez en venir. J'arrête tout.

— Trop tard. Il y a maintenant dix informateurs prêts à tout vendre si nous laissons tomber.

— Débrouillez-vous avec ce que je vous ai donné. La suite m'importe peu. Mes buts ne sont pas les vôtres. »

La discussion se poursuivit à mi-voix, chantage contre mépris, jusqu'au moment où Waligny apparut à cheval, sortant du bois qui bordait le jardin du château. Il fit demi-tour en apercevant les deux hommes : le bois l'attendait. Il fut découvert par un chien de sang qui cherchait un sanglier blessé. Le cheval broutaillait paisiblement près du corps.

Revolver d'importation belge (Fabrique Nationale, Herstal-Lez-Liège, modèle 1907, matricule 97226.)

GLOSSAIRE DE VÉNERIE

ABATTURES : Traces de passage des animaux dans la végétation.

ACCOMPAGNÉ : Circonstance où l'animal chassé se mêle à d'autres pour tromper les chiens. Fanfare correspondante (*La Compagnie*).

ANDOUILLERS : « Branches » des bois du cerf.

APPUYER : Encourager de la voix et de la trompe les chiens qui chassent.

ATTAQUE : Action de mettre l'animal sur pied pour le chasser.

ATTAQUE DE MEUTE À MORT : Attaque avec toute la meute.

BAT-L'EAU : Se dit lorsque l'animal se met dans une rivière ou un étang pour échapper aux chiens. Fanfare correspondante.

BIEN-ALLER : Se dit quand les chiens chassent bien et ensemble. Fanfare correspondante.

BOIS : « Cornes » des cervidés.

BOUTONS : Membres d'un équipage de vénerie en tenue, généralement à cheval.

BRISÉE : Branches qu'on casse pour repérer le passage d'un animal.

CERF À TÊTE ROYALE : Cerf portant au moins dix andouillers (« dix-cors »). Fanfare correspondante.

CHANGE : On dit que la meute fait change lorsqu'elle se met à poursuivre en cours de chasse un animal non chassé jusque-là.

DAGUET : Jeune cerf n'ayant que deux perches (« dagues ») en guise de bois. Fanfare correspondante.

DÉBUCHER : Sortir du bois. Fanfare correspondante.

DÉCOUPLER : Libérer les chiens des liens qui les attachent deux par deux avant l'attaque.

DÉTOURNER : S'assurer à l'aide du limier (voir ce mot) que l'animal qu'on veut chasser est resté dans son « canton » ou enceinte.

EMPAUMER LA VOIE : Se dit de la meute lorsqu'elle se met sur la voie (voir ce mot).

FAIRE LE BOIS : Avant la chasse, aller à la recherche d'un animal qu'on pourra chasser. Ceux qui ont fait le bois en font rapport au maître d'équipage qui choisit l'animal à chasser.

FAIRE SA QUÊTE : Synonyme de faire le bois.

FORLONGER (SE) : Se dit d'un animal qui distance la meute.

FOUAILLER : Faire claquer son fouet pour contenir, arrêter ou punir les chiens.

GAGNAGE : Lieu (généralement cultivé) où les animaux vont se nourrir la nuit.

HALLALI : Circonstance où l'animal épuisé (« sur ses fins ») s'arrête et fait face à la meute qui l'aboie. Fanfare correspondante.

HARDE(S) : Une harde : un groupe d'animaux sauvages. Les hardes : la meute attachée par couples avant le laisser-courre.

HONNEURS : Pied de l'animal chassé qu'on offre à une personne qu'on désire honorer. Fanfare correspondante.

LANCER : (Voir : attaque.) Fanfare correspondante.

LAISSER-COURRE : (Voir : attaque.) Libérer la meute pour la mettre sur la voie.

LICE : Femelle du chien de meute.

LIMIER : Chien sage et discret employé à détourner (voir ce mot) l'animal qu'on envisage de chasser.

METTRE EN DÉFAUT : Se dit de l'animal qui a réussi à échapper aux chiens qui le poursuivent.

NAPPE : Peau de l'animal dépecé.

PIED : (Voir : honneurs.) Aussi : trace de l'animal sur le sol (voir : volcelest).

PORTER QUATORZE : Se dit d'un cerf dont les bois portent quatorze andouillers.

PRENDRE L'EAU : (Voir : bat-l'eau.)

QUATRIÈME TÊTE : Cerf de cinq ans portant en général huit andouillers. Fanfare correspondante.

RADOUX (ou quelquefois RADOUCI) : Phrase ou partie d'une fanfare de trompe sonnée en douceur, le plus souvent mélancolique.

RAPPROCHER : Attaquer (voir ce mot) un animal avec quelques chiens calmes et disciplinés, afin de pouvoir choisir l'animal de chasse et éviter d'en attaquer plusieurs.

RAPPROCHEURS : Chiens utilisés pour le rapprocher.

RÉCRI : Les chiens courants en chasse crient ou se récrient. Ils n'aboient pas, sauf à l'hallali ; on dit alors qu'ils « aboient » l'animal de chasse.

REMBUCHÉ : Retour au bois, à la forêt, après un débuché.

REMETTRE SUR LE DROIT : Sur la bonne voie.

REVOIR : Retrouver la trace de l'animal (voir volcelest).

SENTIMENT : Odeur laissée (au sol, dans la végétation) par l'animal chassé (voir voie).

SERVIR : Mettre à mort l'animal lors de l'hallali. Se fait à la dague de vénerie (petite épée, appelée aussi couteau) ou à l'arme à feu.

TOUCHER AU BOIS : Les cervidés renouvellent leurs bois chaque année. Les nouveaux bois sont d'abord recouverts d'une peau dont l'animal se débarrasse en les frottant contre les arbres. On dit alors qu'il touche au bois.

TROISIÈME TÊTE : Cerf de quatre ans portant en général six andouillers. Fanfare correspondante.

VOIE : Odeur laissée par l'animal en fuite. C'est en suivant la voie que la meute chasse et « prend ».

VOLCELEST : Trace de pied d'un animal. Fanfare correspondante.

VUE : Circonstance où l'animal de chasse est vu sautant une allée, un sentier, etc. Fanfare correspondante.

Achevé d'imprimer
sur Roto-Page
par l'Imprimerie Floch
à Mayenne, le 2 décembre 2005.
Dépôt légal : décembre 2005.
Numéro d'imprimeur : 64203.

ISBN 2-07-077578-X/Imprimé en France.

138568